Lilly Axster

Ich sage Hallo und dann NICHTS

Umschlagbild: Louis Hofbauer
Grafische Gestaltung und Satz: Nele Steinborn, Wien
Schrift: Aldus nova, Providence, Realist
Druck und Bindung: FINIDR, Tschechien

ISBN 978-3-7022-4153-7 (gedrucktes Buch)
ISBN 978-3-7022-4160-5 (E-Book)
E-Mail: buchverlag@tyrolia.at
Internet: www.tyrolia-verlag.at
Social Media: Tyrolia Verlag Kinderbuch

FSC www.fsc.org MIX Papier aus verantwortungsvollen Quellen FSC® C023419

Stadt Wien Kultur

Gefördert von der Kulturabteilung der Stadt Wien, Literatur

Lilly Axster

Ich sage Hallo und dann NICHTS

Tyrolia-Verlag • Innsbruck–Wien

Eins

»Ich hab nichts für Pürat«, jammert Cliff. Ma verspricht, den besten Faschingspiraten aus ihm zu machen, im Übrigen heiße es Pirat. Kim fragt, ob sie das Auto ausborgen könne am Wochenende. Ma nickt.

Ich würde auch gerne das Auto ausborgen, aber ich habe nichts vor. Also brauche ich weder ein Auto, noch könnte ich überhaupt fahren, und auf ein Faschingsfest gehe ich erst recht nicht. Ich wüsste nicht, als was ich mich verkleiden soll. Mein letztes Faschingsfest war eine Kinderparty, da war ich sieben. Ich sitze also einfach da, ein Teil dieser Familie.

»Und: Was bringt euer Tag?«, fragt Ma.

Ich würde gerne interessante Dinge sagen, schon am Frühstückstisch, aber mir fällt nichts ein. Allen hier fällt nichts ein.

»Gib mir doch die Marmelade«, murmelt Kim. An ihrem Kinn ist ein Krümel hängen geblieben. Ich warte, dass er hinunterfällt. Aber er fällt und fällt nicht.

»Starr mich nicht so an«, sagt sie. Ich schaue in die andere Richtung. Später ist der Krümel weg.

Dann streicht Ma mir über die Haare. Wahrscheinlich, damit ich auch vorkomme, zwischen Fasching und Auto, kleinem Bruder und großer Schwester. Würden die beiden nicht links und rechts von mir sitzen, könnte ich es genießen. Aber so, vor Publikum, nicht. Endlich zieht Ma die Hand wieder zurück.

Jeden Morgen unter der Woche Frühstück zu viert, immer um dieselbe Zeit. Zitronentee, Müsli, Toast mit Marmelade oder Ei, manchmal Ugali. Mein Vater ist selten dabei. Er startet entweder früher als alle oder deutlich später.

›Jetzt geht es dann los bei dir‹ sagt Kim mindestens ein Mal pro Woche. Sie hat damit angefangen, als ich dreizehn geworden bin. Wenn ich wissen will, was genau losgeht, gibt sie keine weitere Auskunft. Typisch große Schwester, volljährig, als wenn das ihr Verdienst wäre. Da aber nichts losgeht, seit ich dreizehn bin, seit ich vierzehn bin, bin ich wohl kein richtiger Teenager.

›Kein Kind mehr, aber auch noch nicht erwachsen‹ sagen meine Eltern. Sie würdigen meinen ›Zwischenzustand‹, wie sie es nennen, mit Sätzen wie ›Medium ist die Krönung‹, obwohl sie nicht viel Fleisch, schon gar nicht Steaks essen. Nach rare und medium käme jedenfalls well done, also alles bestens.

Sie und ihre vielen Bekannten und unsere Verwandten finden, ich sei so wie mein Name – offen, unkompliziert und immer ein Ja im Rücken: Jecinta, J_ecint_a, J_a. Ich fühle mich eher wie das Dazwischen, -ecint-, jedenfalls kein J_a, kein Nein, maximal ein Vielleicht. Aber die Erwachsenen schütteln den Kopf und sagen Sachen wie ›Keine falsche Bescheidenheit‹ oder ›Um dich muss man sich keine Sorgen machen.‹

Das genau ist mein Problem. Ich biete keinerlei Anlass zur Sorge. Nicht einmal schlechte Noten. Oder besonders gute, sodass alle darüber nachdenken müssten, ob ich hochbegabt bin und mit fast fünfzehn schon auf die Uni gehen oder ein Start-up gründen sollte. Keine einzige Katastrophe. Oder ein Rekord in irgendetwas. Immer einfach nur dazwischen.

Zwei

Im Bus auf dem Weg zur Schule liest Zineb aus einer retro Zeitschrift vor, unser Bus-Ritual, so ein royal celebrity Heft. Alle in dieser Zeitschrift haben ein besonderes Leben, geheim gehaltene Kinder, Geliebte an jedem Finger oder jedenfalls Probleme beim Sex. Wir können nicht einmal das Wort aussprechen, ohne rot zu werden. Geschweige denn, dass Zineb oder ich Probleme beim Sex hätten. Wie denn, mit wem denn.

Zineb identifiziert sich immer abwechselnd mit denen, die sich vor lauter Tragik von allen Brücken dieser Welt stürzen wollen, und mit jenen, die so verliebt und glücklich sind, dass sie vergessen, zu frühstücken und aufs Klo zu gehen. Ich zähle mich weder da noch dort dazu.

Eine Doppelseite mit süßen Hundefotos irgendwelcher Zweite-Reihe-Promis nimmt Zineb als willkommenen Anlass, um von ihrer Hündin Mimmi zu erzählen und deren verletzter Pfote, die gestern auch schon verletzt war, aber seit gestern hat sie sich entzündet und das Ganze ist ein Wahnsinn.

»Es ist passiert, als Mimmi meine Tante gesehen hat, sie ist übergeschnappt vor Freude und herumgerannt und dabei in den Karton mit dem Altglas getapst, völlig drüber, und Schnitt in der Pfote, alle Freude dahin, wir sind gerannt, um Verbandszeug zu holen, aber auf Fell hält ja kein Pflaster, überall Blut. Dann ist meine Tante in Ohnmacht gefallen, lag in Mimmis Blut, du kannst dir das nicht vorstellen, ein absoluter Albtraum. Dabei war sie – also Mimmi – gerade erst wieder gesund. Unser Nachbar hatte sie getreten, habe ich dir doch erzählt oder habe ich das nicht erzählt, einfach so, ohne dass sie etwas getan hätte, an den Zaun gepinkelt höchstens, und der tritt zu. Dann hat er sich noch beschwert – über ›Kimmi‹ – er kann sich nicht merken, dass sie Mimmi heißt, ruft sie extra an den Zaun und tritt dann zu. Ihre Rippe war schwer geprellt, hat die Tierärztin festgestellt, dann, endlich wieder alles in Ordnung, passiert die Sache mit der Scherbe …«

Der Bus hält. Schule. Fast alle steigen aus und trotten den Schulhof hinauf, der von der Straße bis zu den großen Eingangstüren ziemlich ansteigt. Alle Bänke auf dem Hof haben verschieden lange Beine, damit sie auf der Schräge gerade stehen.

Geografie plätschert dahin, als Victoria, die schräg hinter Zineb sitzt, unvermittelt laut in die Klasse sagt: »Zineb liest ein Pornoheft, ich wusste gar nicht, dass es so etwas noch gibt.«

Einige lachen.

»Hahaha, royal porn«, motzt Zineb und hält die Illustrierte hoch, »oder was meinst du genau?« Dann legt sie los und beschreibt umfassend die aktuellen Dramen an diversen Königshäusern. Je mehr sie redet, desto mehr Stöhngeräusche und einschlägige Beckenbewegungen kommen von einigen aus der Klasse. Zineb schaut zu mir herüber. Als ob ich das stoppen könnte. Außerdem weiß ich nicht, was mir peinlicher ist, Zinebs öffentliche Klatsch- und Tratscheinlage oder die feixenden Anderen.

»Brauchst du eine Vorlage?«, legt Victoria nach.

»Sag was«, fordert Zineb mich auf.

Wenn ich nur wüsste, was.

Jemand grunzt.

»Jecinta weiß, dass ich diese Berühmte-Leute-Hefte immer von der Nachbarin bekomme, wenn sie sie ausgelesen hat.« Niemand hört diesen Satz. Er geht im allgemeinen Lärmpegel unter.

Die Lehrerin wartet, bis Victoria und die anderen sich wieder einkriegen, und fordert uns auf, einen Zeitungsartikel aus den späten 1960er Jahren zusammenzufassen. Chan faselt etwas von Leuten, die sich damals an allen möglichen Orten der Welt angekettet haben, quasi der Klebe-Aktivismus des letzten Jahrhunderts. Niemand achtet mehr auf Zineb und ihre Illustrierte.

Endlich ist die Stunde aus, große Pause. Zineb packt ihren Rucksack und ist im Nu draußen auf dem Gang.

»Warte auf mich!«

Sie denkt nicht daran zu warten und ist im allgemeinen Pausengewühl auf und davon.

hey zineb, sorry wegen vorhin. echt, ich wollte etwas sagen, aber alles ging so schnell, victoria – du – victoria – du – und ich dazwischen, wie käse zwischen toastscheiben, zerschmolzen und ganz labbrig

Keine Antwort.

Um nicht einfach mit dem Telefon in der Hand auf dem Gang herumzustehen und auf eine Nachricht von Zineb zu warten, verziehe ich mich ins Erdgeschoss in eine Ecke der Aula und erstelle eine neue Liste:

		ICH	
zwischen	royal gossip (Zineb)	und	porn jokes (Victoria)
	Kim (18)	(fast 15)	Cliff (9)
	rare	medium	well done
höre	*Afrobeats*	und	*Deutschrap*
bin	weder glucklich	noch	unglücklich
schaue	Kinderfilme	und	Horrormovies
bin	keine Klimaaktivistin	aber	gegen Plastikflaschen
Pa sagt	Nicht Fisch	...	nicht Fleisch
Ma sagt	Du isst gern *Samosas*	aber auch	*Rüebli*

Wieso meinen Eltern immer Essen einfällt, wenn sie etwas Persönliches sagen wollen, weiß ich nicht.

Dann doch eine Antwort von Zineb:

auf welcher seite stehst du: victoria oder ich???

Kein Emoji, nicht einmal ein unzufriedener Hund.

Noch immer ist große Pause. Während ich die Treppen wieder hinauf in den dritten Stock gehe, starte ich drei Anläufe, um Zineb zu schreiben, aber ich lösche alles gleich wieder.

Auf dem Gang vor unserer Klasse lehnt Victoria an einem der Tische. Um sie herum Remi, Chan, Zineb und noch ein paar andere. Die Neue steht etwas entfernt an die Wand gelehnt. Gelbe Windjacke, extrem gelb, sie trägt sie auch in der Klasse, zieht sie nie aus. Jetzt schon die ganze Woche. Also seit sie aufgetaucht ist. Sie sieht aus, als wäre sie selbst ein Stück Wand, als stünde sie immer schon dort.

»Kopf oder Zahl?«, fragt Victoria.

Zineb und einige andere sagen »Zahl«, Chan und Remi »Kopf«. Remi schaut zu mir: »Kopf oder Zahl?« Bevor ich entscheiden kann, hat Victoria die Münze geworfen. Alle, die auf Zahl gesetzt haben, zücken ihre Handys und treffen sich – ich weiß nicht wo. Habe ja den Anfang dieser Pausenversammlung verpasst. Jedenfalls schreiben sie alle gleichzeitig.

Die gelbe Jacke ist weg. Zineb ist vertieft in den Chat, sie sieht mich nicht oder will mich nicht sehen. Wo steht sie? Wo stehe ich? Was soll das jetzt? Ich will solche Spielchen nicht. Weil ich nicht weiß, wohin mit mir, gehe ich schon ins Klassenzimmer. Bin die erste. Am liebsten würde ich mich kurz wegbeamen.

ENTSCHLUSS

Ab heute bin ich NICHTS.

Wenn schon ewiges Mittelfeld, weder Kopf noch Zahl, keine beste Freundin, keine größte Feindin, kein Teil vom ›Pausenclub‹, dann wirklich NICHTS.

Ich will nirgends mehr dazugehören. Ich tu nichts mehr von dem, was alle tun: chatten, posten, liken, Fotos verschicken, sich für das eine oder das andere Geschlecht interessieren. NICHTS pfeift auf ›jetzt gehts dann los‹, NICHTS ist kein heißer Scheiß.

Ich brauche das alles nicht. Ich spiele nicht mehr mit.

Entschluss fertig.

Es fühlt sich gut an.

Nach und nach kommen meine Mitschüler:innen herein. Ich schaue zu, wie sie sich setzen. Ich sehe sie mit einem neuen Blick. Sie wissen nichts von meinem Entschluss. NICHTS steht für sich. Ich merke, dass ich lächle, vor mich hin lächle. Ich werde nicht mehr tragen, was sie alle tragen, keine angesagte Marke, keine Jeans, keine Crop-Tops, keine Sneakers. Ich bin anders. Aus Jecinta mache ich J. Bei nur einem Buchstaben gibt es kein Dazwischen. Und kein J_a im Rücken, wie die Erwachsenen das so gerne hätten. Nein. Nur ein Buchstabe, J.

Drei

»Ich bin weder dein Postschalter noch ein Altpapiercontainer«, beschwert sich Ma, während sie alte Zeitungen in eine Schachtel packt, »staple deine leeren Kleiderversandschachteln meinetwegen in deinem Zimmer bis unter die Decke, aber nicht hier im Flur.«

Kommentare von Erziehungsberechtigten zum Thema Kleidung sind das Überflüssigste, das es gibt. Habe noch kein einziges Tutorial zum Problemfeld Paketlieferungen und Vorgesetzte – also Eltern – gefunden.

»Dann hättest du jetzt nichts, um die Zeitungen runterzutransportieren«, sage ich und schnappe mir den neu gelieferten Karton.

»Ich transportiere gar nichts hinunter, Jecinta, ich versuche nur, nicht auf einem Müllhaufen zu leben. Das ist sowieso ein Unding, der ganze Aufwand an Postwegen, wenn du das halbe Zeug immer zurückschickst. Könnt ihr nicht einfach in ein Geschäft gehen, Sachen anprobieren und kaufen oder nicht kaufen?«

»Im Geschäft gibt es diese Auswahl nicht. Erstens. Zweitens sind im Geschäft zu viele Leute. Im Geschäft kann man nicht tagelang überlegen, ob die Sachen die richtigen sind. Das war Drittens.«

So viele Schachteln sind es außerdem nicht und wieso mischt Ma sich überhaupt ein. Und: Was kann ich dafür, dass die Pakete meistens am Vormittag geliefert werden. Soll ich sie vielleicht in die Schule liefern lassen?

Ich schiebe die neue Schachtel demonstrativ langsam, abwechselnd mit dem linken und dem rechten Fuß durch den Flur in mein Zimmer. Ich schließe die Tür, dann öffne ich sorgfältig jede zugeklebte Stelle, lege den Kartondeckel zur Seite und und ziehe eine Jeans und einen neongrünen Gürtel aus der Schachtel. Levis statt Replay! Wer trägt Levis?!

Ich trage sowieso keine Jeans mehr. Diese Bestellung ist noch aus der Zeit vor meinem Entschluss. Ganz kurz schlüpfe ich in die Hose hinein, quasi aus Gewohnheit, nur mal schauen, fädle den Gürtel ein, öffne die Zimmertür, die Bahn ist frei. Den Weg ins Bad zum großen Spiegel lege ich mit abwechselnd kleinen und großen Schritten, Grätschen und Sprüngen zurück. Die Jeans dehnt und spannt nicht, wie sie soll. War ja klar. Kann sie auch nicht. Ist ja die falsche. Will ich sowieso nicht. Ich ziehe sie wieder aus, packe sie und den Gürtel zurück in die Box.

Mein Entschluss steht fest. Ich ziehe nur noch nichts an. Nichts im Sinn von keine Marke, kein Label, keine Lieblingssachen, keine meine Sachen, einfach Sachen. Ich mache mein eigenes Ding, ehrlich nichts, nada, nothing, keine Pakete mehr, Ma wird nichts mehr zu meckern haben, kein Altpapier, keine Pappschachteln.

Ich gehe zu meinem Kleiderschrank, nehme den ganzen Stapel Jeans und lege ihn auf die Rücksendebox. Die T-Shirts, Pullis und Printmuster-Sachen türme ich auf die Jeans obendrauf. Nur Unterwäsche, Socken, Schwimmzeug und Pyjamas bleiben im Schrank. Dann Schuhe anziehen, den Hausschlüssel vom Schreibtisch fischen, die Kiste nehmen und los.

Wegen des Kleiderbergs vor der Nase sehe ich nichts, aber die Füße kennen das Treppenhaus im Schlaf. Die Haustür steht offen, Bahn frei für den Weg zum Altkleidercontainer. Dort angekommen, halte ich einen kurzen Moment lang inne. Wieder zurückgehen? So tun, als wäre nichts gewesen? Meine Sachen zurück in den Schrank räumen? Selbst die Levis wieder mit nach Hause nehmen?

Nichts da.

Ich schaue mich um. Niemand in der Nähe. Ich schiebe den Runddeckel nach oben. Der Container ist ziemlich voll, ich greife zu, ein Teil, noch ein Teil, noch eins. Nach fünfzehn Teilen, die miteinander keinen Sinn machen, habe ich genug. Ich lege sie auf einem Mauervorsprung ab. Dann werfe ich meine mitgebrachten Jeans, Shirts und Hoodies in den Container. Ein paar Mal muss ich den Deckel rauf- und runterbewegen, die Jeans zusammendrücken, noch einmal schieben und dann ist endlich alles drin. Ich schnappe meine neuen alten Sachen vom Mauervorsprung und gehe noch beim Paketshop vorbei, die Levis-Retour-Sendung abgeben.

Zu Hause lese ich nochmal Zinebs Nachricht: ... auf welcher seite stehst du ... Das könnte ich genauso fragen! Ich gebe mir einen Ruck und schreibe: auf deiner. Ich warte. Keine Reaktion. Wenigstens einen winkenden Hund oder ein zufrieden mampfendes Einhorn könnte sie schicken, sogar irgendetwas von Mimmi schreiben, Details über die verletzte Pfote und was Mimmi gefressen und wen sie angebellt hat. Und was Zineb ohne Mimmi täte und umgekehrt.

Genug gewartet. Ich deaktiviere alle Messenger-Apps auf meinem Telefon. Wenn schon NICHTS, dann richtig. Bin nur noch per SMS zu erreichen. Klingt wie aus dem vorvorigen Jahrhundert, wahrscheinlich weiß niemand mehr, wie simsen geht. Aber so könnte Zineb mir doch noch irgendwann heute, Freitag, oder in diesem Leben etwas schreiben. Wenn sie es probiert und merkt, dass ich nicht online bin und nirgends mehr erreichbar. Dann könnte sie eine SMS schreiben. Ein Smiley schicken.

Ich mache einen ersten Test mit Remi. Er hat mich immerhin gefragt ›Kopf oder Zahl?‹ Er antwortet immer. Aber SMS? Egal. Ich versuche es:

> was war dein pizzastückrekord? sonstige rekorde? wie viele stofftiere hast du (ohne mogeln)? wie viele nachrichten pro tag kriegst du? wie wichtig ist dir mode (0–10)? zwischen nichts und alles: wo stehst du (0–10)?

Wie lange er wohl braucht, um seine Stofftiere zu zählen? Es piepst:

> 11
>
> zu wenig
>
> 28
>
> keine
>
> 2,7
>
> keine angabe

aber: reihenfolge der antworten entspricht nicht der reihenfolge der fragen. ehrlich – remi

Ich schicke ein paar Smileys zurück.
Und schreibe noch eine SMS. An Zineb:

es war einmal ein nachbar, der die hündin hinterm zaun immer ›kimmi‹ statt ›mimmi‹ nannte. eines tages rief er wieder ›kimmi!‹, aber es klang wie ›kill me!‹ die wuschelige hündin mit den treuen augen kam angelaufen und biss den nachbarn tot

Abschicken? Löschen?
Speichern!

Hallo, ich möchte mich kurz vorstellen. Ich bin neu hier. Seit dieser Woche. Ich weiß nicht, ob die anderen mich so anschauen wegen der gelben Jacke oder ob ich mir die Blicke sowieso einbilde.

Am liebsten würde ich in mich selbst hineinkriechen und eine andere Stimme aus meinem Inneren vorschieben, irgendeine souveräne Stimme, die sagt: Was immer ihr seht oder über mich denkt: Ich bin jetzt hier und basta.

Vier

Der 1. Tag als J.

Am Montag nach diesem Freitag und meinem Entschluss fragt niemand nach meinem Sweatshirt, auf dem riesengroß Wrangler steht. Erste Mutprobe bestanden. Wrangler. Nicht mal Levis. Oder Replay. Sowieso nicht Diesel. Viel zu teuer, gibt niemand weg.

Die anderen fragen auch nicht nach, wieso ich so eine altmodische Wollhose trage. Während alle vor Beginn der ersten Stunde noch herumstehen, muss ich die Hose – das Markenschild ist herausgetrennt – immer wieder hinaufziehen. Das passiert mir sonst nie, dass eine Hose zu weit ist. Eine ungewohnte Bewegung, links und rechts den Hosenbund greifen und raufziehen.

Später, als ich das Sweatshirt während der Stunde ausziehe, weil mir heiß ist, kommt eine gemusterte Bluse zum Vorschein, mit großen Knöpfen. Auch dieses weitere Kleidungs-Nichts scheint nicht aufzufallen.

Zineb hätte sicher einen Kommentar dazu abgegeben, aber sie ist nicht da, keine gemeinsame Busfahrt heute, wahrscheinlich ist irgendwas mit Mimmi. Remi ist mit der Mathearbeit beschäftigt, deren Ergebnis er für ungerechtfertigt hält. Chan schläft oder hat jedenfalls die Augen zu. Victoria nimmt sowieso von nichts Notiz, das mit mir zu tun hat.

NICHTS =
100% Zufallskleidung
Drüberstehen
Freiheit
Kein Druck

No jeans
No label
~~j_a~~ nein
Nicht auf Z warten
Nie mehr (?) Hausaufgaben machen
Nichts Besonderes mehr mögen (Pommes????)

Ich speichere die Liste unter NICHTS.

In Biologie taucht Zineb endlich auf, mit einer Bescheinigung von der Tierklinik. »Ich bin so erleichtert, Mimmi ist okay«, teilt Zineb dem Biolehrer mit, laut, dass alle es hören.

Ich freue mich. Für Zineb. Für Mimmi. Überhaupt.

Kann NICHTS sich eigentlich freuen?

Die Klasse wird in zwei Gruppen geteilt, Mädchen und Jungs. Ich mache nicht mit. Auf die Nachfrage des Lehrers, was mit mir sei, erkläre ich, dass ich weder in die Mädchen-, noch in die Jungengruppe gehe, weil ich mich weder noch zugehörig fühle. Ich höre mich das sagen, als sei es schon immer so gewesen. Es klingt gut. Meine Stimme ist einigermaßen laut und fest. Alle schauen mich an, glaube ich. Mein Herz klopft vor lauter Neu, vor lauter Nein und NICHTS, das schon, aber ich habe alles im Griff.

»Aha«, meint der Lehrer, aber zu einer Gruppe müsse ich gehen, es sei ihm auch recht, wenn ich lieber bei den Jungs mitmachen wolle. Ich schüttle den Kopf. Niemand macht einen blöden Kommentar. Er erklärt die Aufgabe und bittet die anderen, sich an die Arbeit zu machen. Ich entschuldige mich kurz, gehe aufs WC, um Zeit zu gewinnen.

Als ich zurückkomme, wartet der Biolehrer vor der Klassentür auf mich. »Was genau ist dein Problem, Jecinta?«

»Ich bin Jay, das muss reichen, ansonsten bin ich nichts von beidem oder nichts von einer anderen Kategorie, also geschlechtermäßig, gender, meine ich, jedenfalls nicht das eine oder andere und auch nicht unisex, sondern einfach nichts. Kümmern Sie sich nicht um mich.«

»Doch, ich kümmere mich sehr wohl um dich, ich muss mich kümmern, ich bin dein Biolehrer. Und wer oder was ist Jay?«

Was soll man da machen. Ich schaue neutral, ohne noch etwas zu sagen. Er erzählt mir von trans*, inter* und nicht-binären Jugendlichen. Das weiß ich doch alles. Er legt mir nahe, mit meinen Eltern zu reden. Oder mit einer Vertrauensperson. Ich will aber nicht. Es gibt nichts zu sagen. Ich könne auch jetzt zur Schulsozialarbeiterin gehen. Oder mit wem immer ich reden wolle. Nur eines könne ich nicht tun: Nichts. Schon gar nicht auf Dauer.

Wenn der wüsste, dass das genau das ist, was ich tue und fortan tun werde: Nichts.

Zineb kommt hinaus auf den Gang und fragt, wo ich bleibe. Das ganze Wochenende hat sie sich nicht gemeldet. Jetzt lasse ich sie noch ein bisschen zappeln und reagiere einfach nicht.

Sie geht wieder in die Klasse zurück.

Mit Zineb und mir ist das so eine Sache. Wenn Zineb sauer ist, gibt es kein Pardon. Das sieht dann so aus: Ich stehe am Ende vom Hof an der Straße und warte auf sie, um gemeinsam den Bus zu nehmen. Alle möglichen Leute kommen vorbei, auf dem Weg nach Hause. In Grüppchen. Klar. Ich kann diese Grüppchen nicht ausstehen. Alle sind Teil von einem Grüppchen. Nur ja nicht allein auf dem Hof stehen. Lächerlich. Ich will kein Grüppchen.

Irgendwann kommt auch Zineb aus der Schule auf den Hof. Sie wird überholt von Remi und Chan. Die beiden winken mir zu. Das geht, ist kein Grüppchen, ist okay. Nett. Normal. Ich winke zurück. Klar.

Zineb sieht mich. Übersieht mich absichtlich. Biegt an der Straße links ab. Obwohl sie nach rechts müsste. Wo ich stehe. Sie winkt nicht, ruft nicht. Als wäre ich nicht da. Als wüsste sie nicht, dass ich auf sie warte, dass hier der Bus fährt. Als wäre sie wer weiß was Besonderes. So ist Zineb. Ich laufe ihr nicht hinterher, sicher nicht.

Damit ich nicht so übrig geblieben aussehe, tu ich so, als wartete ich auf jemand anders. Obwohl alle schon weg sind. Egal. Ich stehe unten an der Straße und schaue nach links, nach rechts, nach links, nach rechts. Eigentlich komplett umsonst, weil a) sowieso niemand mehr da ist und b) ich auf niemand warte und c) ich Jay, ein Buchstabe, bin. Also.

Den Hof hinunter kommt die gelbe Windjacke. Mir ist gar nicht aufgefallen, dass sie noch nicht vorbeigekommen war. ›Ich bin Leo.‹ So hat sie sich in der Klasse vorgestellt. Eigentlich heißt sie Leonie.

Sie stellt sich neben mich, grußlos. Übernimmt meine Blicke nach links, nach rechts, links, rechts. »Wartest du auf jemanden?«, fragt sie plötzlich nach einer gefühlten Ewigkeit und mit einer Stimme, die nicht zu ihrem Äußeren passt. Dabei fällt mir auf, dass ich mich an ihre Stimme gar nicht erinnern kann, so wenig, wie sie im Unterricht sagt. Ohne sie anzuschauen, antworte ich: »Ich warte auf nichts.«

»Langweilig«, sagt sie, den Blick unverändert auf die Straße gerichtet.

Jetzt schaue ich hinüber zu ihr. Sie trägt das selbstverständlichste aller Gesichter und sagt: »Ich wette, du wartest auf die Liebe.« Mein System wechselt auf Alarm. Was wird hier gespielt?

»Wie peinlich ist das denn!«, ruft sie unvermittelt und jault laut auf. Es klingt wie ein alter Fußfallfan beim Gegentor.

Dann stehen wir eine Weile nur herum. Ich möchte ihr erklären, dass ich nur zufällig noch hier bin und dass ich sonst mit Zineb gemeinsam nach Hause fahre und nicht so allein hier herumstehe.

»Ich glaube, sie kommt nicht mehr«, sagt sie.

»Wer?«

»Die Liebe.« Sie haut sich mit der rechten Faust in die linke Handfläche: »Wieder nicht.«

Ich bin zu perplex, um etwas zu sagen. Ich haue auch mit meiner rechten Faust in meine linke Handfläche. Sie erschrickt. Keine Ahnung, wieso. Ich habe ja nur ihre Bewegung nachgemacht. Sie rennt los, läuft über die Straße, ohne links und rechts zu schauen, irgendwie panisch, und verschwindet gegenüber in einer Toreinfahrt.

Ich warte eine Weile. Dann folge ich ihr über die Straße in die Einfahrt. Drei Hinterhauseingänge mit je mindestens zwanzig Klingeln. Keine Spur von der gelben Jacke. Vielleicht ist sie durch die Wohnanlage und auf der anderen Seite hinausgelaufen. Irgendwo läutet ein Handy. Woanders bellt ein Hund. Ich gehe wieder auf die Straße und nehme den nächsten Bus nach Hause.

Beim Abendessen fragt Ma, ob es etwas Neues gäbe. Pa schüttelt den Kopf, »Alles wie immer, alles bestens, ein guter Tag«, Kim ist nicht da und Cliff sagt »Nö.« Sonst nichts. Wie immer. Typisch Cliff.

»Kannst du bitte noch etwas mehr als ›Nö‹ sagen, einfach eine Silbe mehr!« Pa ist genervt.

»Nein«, sagt Cliff. Nur »Nein.« Und nach einer Ewigkeit: »Lalalalalala-lalalalalalalala. Das sind viele Silben.«

»Hör auf mit dem Quatsch«, fordert Pa.

»Laflaflaflaflaflaflaflaflaflaflaflaf.«

»Wenn du uns unbedingt auf die Nerven gehen willst, sprich es bitte wenigstens richtig aus: Love heißt das, nicht Laf«, weist Pa ihn zurecht.

»Soll ich etwas sagen oder nicht?«, murmelt Cliff.

Dann ist da wieder diese Stille am Familientisch. Diese Abwesenheit im Blick von Ma, dieser merkwürdige Zug um Pa's Mund.

Los, sag du etwas, sage ich zu mir selbst.

Wieso soll ich etwas sagen?

Damit es nicht so still ist hier.

Das ist nicht meine Schuld. Außerdem habe ich nichts zu sagen.

Ich schaue zwischen Ma und Pa hin und her. Und bleibe stecken. Wie immer. Mein Kopf wird ganz leer. Pa lächelt mir zu. Ratlos sehe ich ihn an. Früher habe ich ihn nicht so genau betrachtet, er war einfach da, Pa, und er war richtig. Jetzt schaue ich ihn anders an. Sein Hemd spannt über dem Bauch. Er hat nicht mehr und nicht weniger Bauch als früher, er selbst hält sich für schlank und das ist er wohl auch. Aber das Hemd spannt. Wie Pa dasitzt. Mit allem Selbstverständnis dieser Welt. Als sei der Platz ihm für immer garantiert.

Als ich aufstehe und beginne, den Tisch abzuräumen, bittet Ma mich, den Vorhang zuzuziehen. Kurz vor dem Essen erst hat Pa ihn zur Seite geschoben. Pa überhört Ma's Bitte. Oder es ist ihm egal. Oder er ist so dran gewöhnt, dass also alles seine Richtigkeit hat. Ich ziehe den Vorhang zu. Ma nickt, »Dank dir.« Pa nickt auch. Dann reden sie über das Essen.

Cliff und ich räumen den Tisch ab. Danach gehe ich in mein Zimmer, begleitet von Cliffs »Laflaflaflaflaflaflaflaflaflaflaflaflaflaf...«.

Ich rufe die SMS an Zineb auf, die ich am Freitag unter hund eins gespeichert habe, ... kimmi statt mimmi ... kill me ... nachbar usw. ... und schicke sie ab.

hä??

Immerhin eine Antwort. Ich kritzel einen Hund auf ein Stück Papier, das herumliegt, zerknülle das Papier und den Hund, ich interessiere mich überhaupt nicht für Hunde, und schreibe zurück: das war ›hund eins‹, extra für dich

ok, cool aber wieso sms?

erklär ich dir morgen

und wie geht ›hund zwei‹?

gibt es noch nicht

denk nach

hund zwei: die hündin flicka war eigentlich ein pferd. sie wieherte und wieherte aber niemand glaubte ihr

Und dann warte ich wieder, aber es kommt keine Antwort mehr. War ja nur ein Versuch, nur zwei Hundegeschichten. Ob Zineb meinen Entschluss verstehen wird? Ob sie weiter mit mir im Bus die Zeitschriften liest? Ob sie mir noch von Mimmi erzählt? Sie einzuweihen in die komische Situation mit Leo vor der Schule, ist ultimativ peinlich. Außerdem kann NICHTS nicht geteilt werden. Auch nicht mitgeteilt. Es ist einfach so.

NICHTS
  ICH
TISCH
STICH
SHIT
SICHT
NICHT
CH (= Schweiz)
SICH
SCHI

Ich setze mich auf meinen orangen Sitzsack und mache eine Audioaufnahme von **hund eins** und **hund zwei**. Ich belle. Nur ganz leise. Damit meine Schwester nebenan mich nicht hört. Noch einmal. Für die Aufnahme. Dann hecheln, Zunge raus und hecheln, Hundehecheln. Meine Nase ist trocken. Eindeutig keine Hundenase. Noch einmal bellen, nur ein ganz kleines bisschen. Wer NICHTS ist, kann auch ein Hund sein. Ich wische mit dem Ärmel über den Display. Arbeitsgeräte sauber halten, sagen die Werklehrer:innen immer.

Kennt ihr die, ich habe den Namen vergessen, irgendetwas mit J glaube ich, sie sitzt hinten links. Die mit dem Sweatshirt mit der großen Schrift querdrüber, riesengroß zwischen Bauchnabel und Schlüsselbein, einmal rund um sie herum, Vorderseite WRAN, Rückseite GLER, grau auf orange, schwarze Ärmel. Ich weiß ja nicht, was ihr tragt, aber Wrangler? Really?

Fünf

Graue Papierbahnen ziehen neue Wege durch unsere Wohnung. Kreppband bändigt die Enden der Bahnen, an denen sich das Papier aufrollen will. Zwischen den Bahnen staubiger Parkett und Linoleumboden. An manchen Stellen sind die Papierbahnen ein- oder aufgerissen, hier und da stehen Farbeimer drauf und anderes Zeug. So schaut es bei uns aus.

Die gesamte Wohnung wird neu gestrichen, alles außer meinem Zimmer. Cliff und Kim streichen ihre Zimmer selbst. Also Cliffs ist nicht wirklich ein Zimmer, sondern eine ehemalige Speisekammer mit einem Fenster.

Ma und Pa lassen die sonstigen Räume von einer Firma streichen. An manchen Wänden sind Farbproben, grau in Kims Zimmer, grün in Cliffs. Nichts in meinem Zimmer. Wozu neu streichen? Ich brauche das nicht. Trotzdem sind bei mir auch Papierbahnen verlegt. Weil ich in der Schule war, als die Malerleute kamen und alles abgeklebt haben.

In meinem Zimmer ist der Papierbahnboden übersät mit dem, was vorher in meinen Regalen und in den Nachttischschubladen war. Alle Dinge loswerden. Das ist der Plan. NICHTS zu sein bedeutet, nichts zu haben. Ich liege auf dem Bauch auf dem Sitzsack und sehe meine auf dem Boden verteilten Gegenstände: eine Mini-Schatztruhe aus Porzellan mit zwei Ringen drin, ein selbstgemachter Kerzenleuchter aus Ton mit einer runtergebrannten Kerze, ein altes Handy, ein von innen beleuchteter Globus, zwei alte Schwimmbrillen, ein Glücksstein, eine gelbe Tasse, auf der in orangen Buchstaben Jecinta steht, Fußleuchtbänder fürs Fahrrad, zu kleine Gummistiefel, alte Rucksackanhänger, einige Bücher, ein Pokemon, ein ausgedienter Gameboy.

Ich stehe auf, hole aus der Küche zwei große Müllsäcke, die sich schnell füllen. Mein Kinderbettzeug mit Delfinen stopfe ich noch dazu. Der Boden ist wieder begehbar, nichts liegt herum, außer aktuellen Schulsachen und den aus dem Altkleidercontainer geholten Klamotten. Sonst gibt es noch die Nachttischlampe, die Schreibtischlampe, ein leeres Regal, den ziemlich leeren Schrank, den kleinen runden Spiegel an der Wand. Die beiden Müllsäcke stehen an der Tür.

Ich lege mich wieder auf den Sitzsack wie vorher, lasse den Blick durch das leere Zimmer schweifen, und schließe dann die Augen, zufrieden irgendwie.

Ich wache auf, als die anderen von einer Familie-außer-Jay-Tour nach Hause kommen. Niemand soll hereinkommen und angesichts des leeren Zimmers Oh und Ah rufen. Alle sollen hereinkommen und Oh und Ah rufen.

Nach einer Ewigkeit klopft es. »Ja.« Pa steckt den Kopf zur Tür herein und sagt weder Oh noch Ah. Sondern: »Wir haben Pommes mitgebracht.«

Ist ihm mein leeres Zimmer nicht aufgefallen oder tut er nur so, als habe er es nicht bemerkt? Wann war er überhaupt das letzte Mal in meinem Zimmer oder ist zumindest durch mein Zimmer durchgegangen zu Kim? Vielleicht denkt er sich auch ›Jetzt gehts dann los bei Jecinta‹ und will meine Erwachsenwerdung auf keinen Fall stören. Stellt sich vor, ich stehe endlos vor dem Spiegel und prüfe meine Haut auf Unebenheiten, ziehe mir Schmink-Tutorials rein, lackiere meine Zehennägel und liege vor meinem Telefon auf der Lauer, um nichts zu verpassen.

Pommes mit Ketchup und Mayonnaise. Hmmm. Eigentlich gewöhne ich mir gerade ab, etwas besonders zu mögen. Oder so. Nicht einmal mehr Pommes. Egal jetzt, ich beeile mich, um noch genug zu kriegen.

Übrigens, falls ihr mich mal erreichen wollt: ~~leo@~~
Nein, lieber handschriftlich, in dieses Heft hier.
Ich schaue immer wieder hinein.

Sechs

Heute ist Englischtest. Rita Random, an deren Name jahrgangsweise das britische R geübt wird, erwartet sicher die übliche mittlere bis gute Leistung von mir.

Aber was, wenn ich nichts mehr leiste? Wie kann ich Rita Random mitteilen, noch dazu auf Englisch, was mein Entschluss bedeutet? Wie könnte ich den gestrigen Tag in Worte fassen? Mein leeres Zimmer, die vielen Fragen meiner Eltern, nach den Pommes dann.

Pa hat doch alles genau gecheckt. Tut immer so, als sei nichts. ›Jay? Aber Jecinta ist doch so ein schöner Name. Was ist in dich gefahren? Nur ein großes Nein? Nichts sein? Wie: Nichts? Sicher nicht! Was für ein Blödsinn.‹ Und so weiter. Cliff hat eine letzte Pommes in die Ketchup- und Mayonnaisereste auf unseren Tellern getunkt. Kim war mit Videotelefonieren beschäftigt, Ma hat besorgt geschaut.

Ich brauche Zeit, um darüber nachzudenken, ob und wie ich den Englischtest schreiben soll. Also nehme ich in Kauf, zu spät zu kommen und Zeit für den Test zu verlieren, und mache noch einen Abstecher ins WC. Mein Nachdenk-Ort. Eine der beiden Kabinen ist besetzt. In der zweiten lege ich einige Streifen Klopapier auf die Brille und setze mich drauf.

»Jecinta, bist du's?«, kommt es von der anderen Seite der Trennwand.

»Woher weißt du das?«

»Du bist die einzige, die ich kenne, die vor dem Pinkeln die Klobrille mit Papier auslegt«, sagt Victoria. Sie klingt amüsiert.

Mir fällt keine witzige Antwort ein, auch keine unwitzige, gar keine.

»Wie gehts dem Toast, ich meine dem geschmolzenen Käse im Toast, labbrig?«

Ausgerechnet Victoria hat Zineb von meiner Nachricht erzählt, ausgerechnet.

»Bist du ins Klo gefallen?« Victoria zieht nebenan die Spülung. »Bist du überhaupt im richtigen Klo? Ich meine, gendermäßig. Bis gleich. Rita Random hat die Testaufgaben schon ausgeteilt.« Mit diesen zwei genussvoll gerollten R verlässt Victoria das WC. Die Tür fällt zu.

Ich ziehe mich unverrichteter Dinge wieder an, ziehe pro forma die Spülung und stehe dann ratlos vor dem Waschbecken. Der Spiegel schaut mich an: WRAN in riesigen Buchstaben und eine alte Anzughose.

Langsam gehe ich den Gang entlang, nicht Richtung Rita Random, sondern auf die andere Seite und die Treppe hinunter. Ich kann mich nicht entscheiden, ob mir das mit dem Käsetoast unendlich peinlich ist oder ob mir nichts mehr etwas anhaben kann. Ich weiß nicht, ob ich wütend auf Zineb oder auf Victoria oder auf mich selbst bin.

Kann NICHTS wütend sein? Kann NICHTS auf jedes WC gehen?

Ich nehme den erstbesten Bus und lasse mich herumfahren, das ist am neutralsten. Fortan werde ich versuchen, nicht mehr zu reden. Nicht mehr als nötig. Am besten gar nicht mehr. Das wäre konsequent. Nichts mehr denken wäre auch gut. Ausgerechnet Victoria. Was die jetzt von mir hält? Labbrig.

Irgendwo, ziemlich bald, ist Endstation. Ich steige in eine Straßenbahn um.

»Hallo.« Leo. Die in der Schule sein sollte, wie Victoria und Zineb und Remi und die anderen in Rita Randoms Stunde. Ich setze mich neben sie. Alles andere wäre komisch.

Wir fahren schon eine Weile, essen Gummibärchen, die Leo aus der Tasche zieht. »Kennst du sie eigentlich, die Liebe?«, höre ich mich fragen. Ich weiß nicht, was mit mir los ist. Ich wollte doch möglichst nichts sagen, schon gar nicht ein Gespräch beginnen.

»Ja«, antwortet Leo.

Jetzt ist schon alles egal, schlimmer kann es nicht werden: »Und wie ist sie? Die Liebe?«

Leo überlegt, sagt dann zögernd: »Ein bisschen schüchtern. Und ich habe sie mir ganz anders vorgestellt.«

»Wie denn?«

»Etwas dicker.«

Wir sagen beide eine Weile lang nichts. Dann beginnt Leo als erste wieder: »Stell dir vor, du holst die Sterne vom Himmel und dann hast du sie alle hier herumliegen und weißt nicht, was du mit ihnen machen sollst. Stell dir vor, du willst eine Flaschenpost abschicken und findest keinen Korken. Stell dir vor, die Liebe irrt sich in der Tür. Stell dir vor, sie liebt sich selbst am meisten.«

»Wie soll das gehen?«

»Du bist ganz rot im Gesicht«, sagt Leo.

»Ich heiße übrigens Jay.« Ich betone jedes Wort genau gleich.

»Hallo Jay.«

Sie sagt einfach ›Hallo Jay‹. Obwohl in der Schule alle Jecinta sagen.

»Jay passt gut zu dir«, sagt sie.

»Wieso, du kennst mich doch kaum.«

»Und wir reden schon über die Liebe.«

»Fahrausweise bitte.«

Leos Gesichtsfarbe wechselt auf kalkweiß. Kurz sieht es so aus, als würde sie zu weinen beginnen, aber irgendwelche Muskeln in ihrem Gesicht ziehen den Kleinkindflunsch wieder in Form.

»Fahrausweise bitte!«

Nicht einmal im Fahren außerhalb meiner gewohnten Zone bin ich geübt. Bevor ich etwas sagen kann von ›Jahreskarte, aber zusätzlichen Fahrschein vergessen‹ oder ›ich wusste nicht …‹, hat Leo die beiden Leute von den Verkehrsbetrieben in ein Gespräch verwickelt.

Dabei sieht sie aus wie eine extrem intelligente Streberin, der Typ komplette Aussenseiterin, aber später Nobelpreis und so. Kein Flunsch mehr, keine Kindertränen am Start, im Gegenteil: »Ja, ich sollte in der Schule sitzen jetzt, aber es geht nicht. Ich kann das nicht. Schulverweigerin nennt sich das. Ich muss herumfahren, tagein, tagaus. Es ist eine Sucht. Ich war schon bei zig Therapeut:innen, es ist nichts zu machen.

Und wenn ich schon gezwungen bin, den ganzen Tag in öffentlichen Verkehrsmitteln zu verbringen, ist es doch nur zu verständlich, dass ich mich nicht immer um ein Ticket bemühen kann. Zu teuer außerdem. Das wäre unzumutbar. Aber ich muss herumfahren. Ich brauche Abwechslung, ich werde sonst endgültig verrückt. Manche sagen, ich sei es schon.«

Ich weiß nicht, ob ich lachen oder weinen soll. Am besten gar nichts davon, nicht auffallen, nicht da sein. Schließlich habe ich noch immer keine Fahrkarte für Tarifzone drei.

»Eure Ausweise bitte.«

»Bitte. Bittebittebitte«, sagt Leo kleinlaut. Keine Spur mehr von der Streberin, jetzt eher ein kleines Kind, komplett unschuldig. Es hält die Hände schützend vors Gesicht.

Das geht selbst den beiden Kontrollmenschen zu weit. Sie nicken einander mitleidig zu und gehen ein paar Schritte weiter zur Tür, steigen an der nächsten Haltestelle aus.

»Ich bin gar keine Schulverweigerin«, ruft Leo vergnügt und so laut, dass die halbe Bahn es hören kann. Gerade dass sie den beiden draußen nicht zuwinkt. Keine Spur mehr von Mini-Leo, dem Kleinkindausdruck in ihrem Gesicht. Stattdessen hat sie jetzt ein Checker-Gehabe drauf und lästert über Menschen, die so etwas Läppisches wie Fahrausweise kontrollieren. Die erstaunten Blicke der anderen Fahrgäste prallen an Leo ab. Ich bin verwirrt. Mir geht alles zu schnell.

Wir fahren eine Weile weiter, ohne etwas zu sagen. Die Aufregung legt sich langsam. »Super, wie du das gemacht hast«, sage ich, »ich hätte es nie geschafft, da rauszukommen.«

Leo schaut mich fragend an.

»Fahrausweise bitte!« Ich amüsiere mich noch über meine gelungene Stimmimitation der Kontrollperson, als Leo ihre Geldbörse aus der Tasche fischt und mir ihre Jahreskarte zeigt.

Ich sage: »Danke, passt«. Aber Leo amüsiert sich nicht mit. Fieberhaft sucht sie in der Geldbörse und ihren Jackentaschen weiter.

»Danke, passt«, wiederhole ich.

»Aber der Pass«, sagt sie gestresst.

»Leo?« Ich kann nicht unterscheiden, ob sie das Spiel weiterspielt oder ob sie mich verwechselt. Jedenfalls findet sie einen Ausweis und hält ihn mir ganz im Ernst hin. Ich nicke. Sie sieht erleichtert aus. Sie fragt nach der Uhrzeit und wo wir sind. Dann drückt sie mir unvermittelt die restlichen Gummibärchen in die Hand, »Bis zum nächsten Mal, Wrangler«, betätigt den Ausstiegsknopf und ist bei der nächsten Station auf und davon.

Die Bahn fährt weiter. Mit mir drin. Bis auch ich aussteige. Vielleicht fängt das Sweatshirt an, mir zu gefallen. Trotz Wrangler. Oder wegen Wrangler. Es ist später Nachmittag. Ich gehe einen weiten Weg zu Fuß nach Hause. An meiner Zimmertür lehnt ein Karton. Eine alte Bestellung. Von vor gefühlten tausend Jahren. Vermutlich hat auch noch Ma das Paket entgegengenommen. Ich werde es ungeöffnet zurückbringen. Basta.

NICHTS =
100 % Zufallskleidung
Drüberstehen
Freiheit
Kein Druck
No jeans
No label
~~ja~~ nein
Nie mehr (?) Hausaufgaben machen
Nicht auf Z warten
Nichts Besonderes mehr mögen (Pommes????)
Und:
NICHTS =
Keine Apps
Nur SMS
Null Interessen
Freie WC-Wahl
Pommes???
Nicht reden (oder kaum reden)

Leo????
~~Schwester~~ Geschwist von Kim und Cliff
~~Tochter~~ Kind von Ma und Pa
No boys no girls no Kleingruppen
Nicht mehr dazwischen
Ohne Fahrschein fahren
Nicht alles, was möglich ist, sondern möglichst nichts, was möglich ist. (Vielleicht ist das ein und dasselbe, das weiß ich nicht.)
Können Listen NICHTS sein? (Oder auch keine Listen mehr?)
NICHTS und Leo???

Wer mag welche Farbe Gummibärchen?

☐ grün ☐ gelb ☐ rot ☐ orange ☐ durchsichtig

Sieben

»Bist du noch wach?« Ich muss gerade eingeschlafen sein, als meine Schwester die Hochbettleiter hinaufklettert. »Bist du wach?«

Nur nicht anmerken lassen, dass es eine Ehre ist, so spät wichtig zu sein, halb zwei. Das hat Kim noch nie gemacht. Sie macht überhaupt selten etwas, das zeigt, dass sie mich überhaupt wahrnimmt.

»Sag doch etwas.«

»Ich schlafe.«

»Dann gute Nacht.« Kims Gesicht verschwindet hinter dem Bettrand. Im Nu sitze ich aufrecht da. »Was gibt's?«

Kims Kopf taucht wieder auf. Sie grinst zufrieden. »Ich kriege heute Nacht noch Besuch. Ma und Pa sollen aber nichts wissen. Deshalb wird mein Besuch nicht durch die Tür kommen, sondern durch dein Fenster. Vom Balkon aus geht das am einfachsten. Bitte sag Ma und Pa und auch Cliff kein Wort. Hör einfach nichts.«

Kim klingt viel zu wach für diese Zeit.

»Ein Freund?«, frage ich etwas ratlos.

»Eine Freundin«, korrigiert Kim, »bitte, Jecinta.«

Ich warte.

»Ich meine Jay«, setzt Kim nach.

»Ja, ich schlafe, ich meine, ich höre nichts, ich meine, ich werde nichts sagen. Du kannst dich darauf verlassen.«

»Danke. Das werde ich dir nie vergessen.«

Überschwenglich schickt Kim mir einen Luftkuss hinauf aufs Hochbett und ist gleich darauf in ihrem Zimmer verschwunden.

Das Straßenlicht von draußen wirft Muster an die Decke. Tausendfach bin ich in anderen Nächten schon mit müden Augen diese Muster nachgefahren, habe neue Muster entstehen lassen durch Zusammenkneifen der Augen oder durch das Bewegen meiner Hände im fahlen Licht. Die Muster sind geduldig. Ich werde kein Auge zu tun. Ich wäre auch gern mit Leuten befreundet, die nachts über Balkone in andere Wohnungen einsteigen.

Später, gegen vier Uhr früh, höre ich etwas am Fenster, dann Schritte unter dem Hochbett, schließlich Flüstern nebenan. Bis die Tür zwischen den Zimmern geschlossen wird. Das war es schon? Keine Polizeisirene, kein Funkgeräteknacken, keine Verfolgungsjagd. Lediglich die Besucherin von Kim. Aber warum so spät? Und warum über den Balkon und durch das Fenster?

Okay, durch die Balkontür ins Wohnzimmer wird sie nicht gehen. Wer weiß, ob Ma und Pa noch wach sind. Der Balkon führt zuerst an meinem Zimmer mit dem geöffneten Fenster vorbei. Klar steigt sie durch dieses Fenster ein. Wie früh wird sie wieder gehen, damit Ma und Pa nichts von ihr sehen? Oder wird sie nie mehr gehen, sondern in Kims Zimmer bleiben?

In der Früh wache ich vor dem Läuten des Weckers auf. Ich klettere die Leiter hinunter, klopfe an Kims Zimmertür, die nur angelehnt ist. Keine Antwort. Leise schiebe ich die Tür einen Spalt breit auf. Kims Bett ist leer. Ich lehne die Tür wieder an, setze mich auf meinen Sitzsack unter dem Hochbett. Und warte. Warte. Meine Augenlider werden schwer.

Irgendwann schrecke ich auf.

»Pscht«, macht Kim und legt den Finger auf den Mund, »Pscht« und zieht leise die Tür zu ihrem Zimmer hinter sich zu. Es ist kurz nach sechs Uhr morgens. Offenbar hat sie ihre Freundin hinausgebracht. Und? Nichts. Alles verpasst, ich Ei. Nichts mehr los.

Acht

Am Morgen nach dieser Nacht wartet Zineb an der Bushaltestelle, als wäre nie etwas gewesen, »Ich habe von Victoria gehört, dass du gestern in der Schule warst, auf dem WC, aber wo bist du dann gewesen? Der Englischtest war leichter, als ich dachte –«

»Verräterin«, zische ich sie an.

»Wer?«

»Vergiss es.«

»Ich? Wieso?«

»Geh doch zu Victoria oder nennst du sie Vicky, wenn du ihr so dringend alles erzählen musst.«

»Was denn? Was habe ich denn gesagt?« Zineb scheint wirklich auf der Leitung zu stehen.

»Käse … Toast … labbrig …« Mehr kriege ich nicht raus. Wollte ja nicht mehr reden. Oder kaum noch. Oder was weiß ich.

»Mimmi muss wahrscheinlich eingeschläfert werden.«

Der Bus kommt. Wir steigen ein. Zineb lehnt sich an meine Schulter und lässt Rotz und Wasser freien Lauf. Ich rücke noch ein Stück näher und halte ihr ein Taschentuch hin.

»Soll ich dir eine Geschichte erzählen?«

Zineb nickt in meinen Jackenärmel hinein.

»hund drei: ›hast du sms schon gefüttert?‹, fragt eine jugendliche ihren kleinen bruder. der antwortet nicht. ›hast du schon sms gefüttert?‹, wiederholt sie und schubst den kleinen bruder an. der bellt. da springt sms auf und schiebt mit der schnauze die packung hundekekse vor die füße des kleinen bruders. der strahlt über das ganze gesicht.«

Zineb lacht und weint gleichzeitig.

»Bitte erzähl mir noch einmal ›hund zwei‹.«

Ich denke nach. Dann fällt es mir wieder ein: »die hündin flicka dachte, sie sei ein pferd. sie wieherte und wieherte, aber niemand glaubte ihr.«

Zineb nimmt meine Hand und hält sie sich ans Ohr.

»Glaubst du, dass Mimmi es doch noch schaffen kann?«

»Ganz sicher.«

Ich sehe schon beim Reinkommen ins Klassenzimmer den Zettel auf dem Tisch. Liegt dort einfach, ein Blatt Papier mit einer Zeichnung. Filzstift. Auf meinem Platz. Links und rechts ist nichts, der leere Tisch.

Ohne mir die Zeichnung genauer anzusehen und ohne Notiz von den anderen zu nehmen, lasse ich die Zeichnung im Rucksack zwischen zwei Mappen verschwinden. Ich weiß, dass die Zeichnung von Leo ist. Wer sonst würde mir eine Zeichnung auf den Tisch legen. Aber es stresst, nicht zu wissen, ob sie das abstreiten wird. Es stresst noch mehr, dass ich nicht geschaut habe, was auf der Zeichnung drauf ist.

Als alle da sind, auch Leo, die mit zwei anderen auf einem Telefon herumwischt, und bevor die Lehrkraft eintrifft, ziehe ich die Zeichnung wieder aus dem Rucksack, stehe auf, und lege sie vor Leo auf deren Tisch. Sie sagt irgendetwas, das ich nicht verstehe, vielleicht »Hi«, oder »Why?« oder »Mei«. Sie nimmt das Blatt mit der rechten Hand und hält es mir hin.

»Ist das nicht von dir?«, frage ich.

»Nein«, antwortet sie. Plötzlich zieht ihre linke Hand das Blatt aus ihrer rechten Hand und sie schaut die Zeichnung an. Ihr Gesichtsausdruck ist irritiert. Aber dann gibt die linke Hand das Blatt wieder in die rechte zurück und sie schüttelt den Kopf.

»Wer hat das gezeichnet?«, fragt sie.

Das war ja eigentlich meine Frage. Sie gibt mir die Zeichnung zurück und ist im nächsten Moment wieder mit den beiden anderen in das Telefon vertieft.

Ich stehe blöd da vor ihrem Tisch mit der Zeichnung in der Hand. Sie tut so, als gäbe es mich nicht.

Jetzt erst sehe ich die Zeichnung genauer an, auf dem Kopf zwar, aber doch: eine auf dem Rücken liegende Person und eine schwebende Person. Beide haben die gleichen Haare und sind gleich angezogen, gelbe Jacken, und auch sonst ähnlich, vielleicht sogar dieselbe Person. Die schwebende hat keine Flügel, aber schwebt trotzdem. Es sieht nicht aus wie fliegen. Es sieht aus wie schweben. Die liegende Person ist vielleicht tot. Oder schläft.

Ich stelle fest: Die linke Hand
weiß nicht, was die rechte tut.
Oder umgekehrt.

Neun

»Ma, wie würdest du Liebe beschreiben?«

»Muss das jetzt sein?«

Ma räumt Sachen aus einer ausgebeulten hellen Tasche in die Regale im Wohnzimmer, als ich von der Schule nach Hause und den täglichen Mutterfragen ›Wie wars? Was gibt es Neues?‹ zuvorkomme.

»Ja, es muss jetzt sein«, sage ich.

»Später, bitte.«

»Jetzt, Ma, bitte.«

Ma murmelt, dass Liebe gute Stimmung mache, Leute freundlicher erscheinen lasse und Menschen aneinanderbinde. Verliebten laufe das Wasser im Mund zusammen und überhaupt gehe Liebe bekanntlich durch den Magen. Ob das bitte genug sei fürs Erste.

»Nicht genug.«

»Was hast du plötzlich?«

»Ich stelle eine Frage an meine Mutter. Nichts Ungewöhnliches, Tragisches oder Verbotenes.«

»Du bist doch kein Kind mehr. Wir lieben dich. Wir lieben einander –«

»Wer ist wir?«

»Dein Vater und ich. Wenn Clifford das fragt, meinetwegen, aber du bist wirklich zu alt. Bist doch besser informiert über die Liebe als ich. Kim liebt dich, Cliff liebt dich.«

Ja ja ja.

Ma faltet die Tasche zusammen und macht unmissverständlich klar, dass für sie das Gespräch beendet ist.

»Ich will keine Aufklärung, keine Angst. Ich will von dir wissen, was Liebe ist.«

»Rot, gelb, warm, meine Güte, siehst du nicht, dass ich mit ganz etwas anderem beschäftigt bin?«

»Woher weißt du, dass Pa dich liebt? Woher weißt du, dass du ihn liebst? Und mich?«

»Ich spüre das.«

»Wie? Wie spürst du das?«

»In meinem Herzen.«

»Ma, jetzt hör doch mal auf, diese blöde Tasche zusammenzulegen und wieder auseinanderzufalten.«

»Frag Pa. Oder Kim.«

»Nein, ich will es von dir wissen.«

»Du hast ein sensationell gutes Gefühl für unpassende Momente.«

»Du weißt gar nicht, was Liebe ist. Ich glaube, du hast keine Ahnung von der Liebe. Natürlich liebst du deine Kinder. Hast sie ja selber herumgetragen. Und erzogen. Und versorgt. Mit Essen. Aber ist das wirklich Liebe?«

Ma nickt vehement.

»Was machen Leute, die keine Kinder haben? Wen lieben die?«

»Mach dich nicht dümmer, als du bist, Jecinta.«

»Jay.«

»Jay, würdest du bitte auf die Klingel achten in der nächsten Stunde. Ich muss wegen meiner Augentropfen schnell noch zur Apotheke und ich erwarte den Fahrradbotendienst mit einem Dokument. Machst du auf und nimmst den Brief an? Bezahlt ist schon.« Ma hat schon ihre Jacke an, winkt mit den Schlüsseln und ruft: »Ich lasse die Tür zum Flur offen.«

»Ich höre die Klingel auch, wenn die Tür zu ist.«

»Sicher ist sicher.« Dann fällt die Wohnungstür ins Schloss.

Es ist niemand zu Hause außer mir. Ziellos wandere ich durch die Wohnung. Liebe klingt auf Deutsch nicht. Wieso habe ich überhaupt gefragt? Und dabei wollte ich heute wirklich ausprobieren, wenig zu sagen, nicht so rumzuquatschen wie alle. Einfach anders sein. NICHTS = nicht reden Ausrufezeichen Ausrufezeichen Ausrufezeichen.

Es läutet. Ich drücke auf den Knopf der Gegensprechanlage, hänge mein Auge vor den Spion in der Wohnungstür: eine Person mit Fahrradhelm. ›Guten Tag, der Brief, bitte, danke, auf Wiedersehen‹, Tür zu. Das wars.

Normalerweise würde ich jetzt Hausaufgaben machen. Aber ›Nie mehr (?) Hausaufgaben machen‹ steht auf meiner NICHTS = Liste. Also bleibt mein Mathematikbuch ungeöffnet auf dem Tisch liegen. Wer weiß, ob ich je wieder Hausaufgaben oder ähnlich banale Dinge tun werde.

Ich rufe Remi an. Der wundert sich, dass ich es bin. Ich weiß plötzlich nicht mehr, warum ich angerufen habe und warum Remi. Auf der letzten Klassenfahrt war es nett mit ihm, aber nichts großartig Besonderes. Eben nett. Punkt. Wie immer.

Das mit dem Nicht-Quatschen klappt überhaupt nicht.

»Oh, bei uns läutet es. Ich muss aufmachen, da wird etwas für meine Mutter gebracht, danke, Remi, bis morgen.« Schlicht gelogen. So einfach geht das. Und aufgelegt. Lügen geht leichter als NICHTS.

Plötzlich ist Ma wieder da. Sie kann unmöglich schon in der Apotheke gewesen sein. Sie hält ihren Schlüsselbund in der Hand und klimpert damit herum. Dann stellt sie sich hinter den Stuhl, auf dem ich am Esstisch sitze. Wir sagen beide erst nichts und dann komplett gleichzeitig »Ich –« Dann halten wir beide inne. Dann sagt sie »Du –« und ich sage nichts und sie macht wieder eine Pause.

»Du kannst immer mit mir reden, Jecinta. Du kannst alles von mir und Pa haben, aber wieso sollen wir dich Jay nennen? Was ist das für ein Name? Du bist mehr als ein Buchstabe. Auch, wenn Jot auf Englisch gut klingt. Und wieso hast du aufgehört, all die Dinge zu tun, die du gerne machst, zum Training gehen, Musik hören, der Chor, Gewand bestellen, ich vermisse deine Paketlieferungen, ja wirklich, und alles alles alles.« Sie steht immer noch hinter mir und fingert an meiner Stuhllehne herum. Die Schlüssel klackern an das Holz.

Auf dem Tisch liegt mein Lieblingswaxprint, ich kenne das Muster im Schlaf. Es beruhigt mich. So kann ich alles noch einmal erklären: »Jay ist mein Nein. Ich bin ein unbeschriebenes Blatt. Auf das ich alles draufschreiben kann. Aber meinen eigenen Text. Ich heiße nicht mehr Jecinta.«

Jetzt geht Ma um den Tisch herum und setzt sich auf den Stuhl mir gegenüber.

»Du hast so viele Interessen«, sagt sie, »du kannst so viel machen, und stattdessen machst du nichts mehr.« Endlich legt sie den Schlüsselbund hin. Ich frage, ob sie zurückgekommen sei, um mir das zu sagen. Sie nickt. Ich stehe auf, gehe in mein Zimmer, hole die Schultasche und setze mich wieder an den Tisch. Ma schafft es, nichts zu sagen. Ich glaube ihr gerade ein bisschen mehr, dass sie mich liebt. Sonst hätte sie sich darüber beschwert, dass ich einfach aufstehe und weggehe. Sie hat das kurze Nichts ausgehalten. Bravo, Ma. Plötzlich ist viel Raum, wo sonst immer alles genauso ist, wie es ist.

Ich ziehe die Zeichnung aus der Tasche und lege sie vor Ma hin. Sie schaut sie an und dann mich. »Hast du das gezeichnet?«

Ich schüttle den Kopf. Wir schauen beide auf die liegende und die schwebende Person. Ich weiß nicht, wieso ich dachte, dass Ma vielleicht weiß, was das Bild bedeuten könnte. Oder wieso Leo nicht zugibt, dass sie es gezeichnet hat. Vielleicht ist es Leo gar nicht recht, dass ich ihr Bild herzeige.

»Leo, die neue Person aus meiner Klasse, hat es sich gegenseitig aus der linken und rechten Hand genommen«, sage ich. Ma schaut mich ratlos an. Ich sage nichts mehr. Und Ma sagt auch nichts. Ich packe die Zeichnung wieder ein. Ma steht auf, holt sich und mir ein Glas Wasser. Komischerweise prosten wir uns zu. Weder ist Neujahr, noch hat eine:r von uns Geburtstag, noch prosten wir uns überhaupt je zu. Alles neu.

»Vielleicht ist die Zeichnung gar nicht von Leo«, sage ich.

»Dein Vater und ich streiten viel, Jay. Ich glaube, es ist wichtig, dass du das weißt. Es hat nichts mit euch Kindern zu tun, es ist zwischen uns. Es … es knirscht. Es … ich … wir wissen gerade nicht, wo die Liebe ist. Zwischen uns.«

Nach einer ewigen Pause sage ich: »Oh.«

Sie sagt: »Ja, oh.«

Tränen gehen auf Start, ich spüre es genau, Ma soll sie nicht sehen. Ich bringe die Zeichnung zurück in mein Zimmer, ich höre die Schlüssel klimpern, ich bleibe in meinem Zimmer stehen, die Schlüssel kommen näher.

»Es tut mir leid, Jecinta. Jay.«

Ich rolle die Zeichnung zusammen.

»Du wolltest über Liebe reden«, sagt Ma. Mir kommt es so vor, als sei das vor über hundert Jahren gewesen. Ma kommt ganz in mein Zimmer hinein und gibt mir einen Kuss auf die Stirn. Als wäre ich ein Kindergartenkind. Dann geht sie – dieses Mal wirklich – zur Apotheke. Oder einfach draußen herum. Was weiß ich.

Ich setze mich in Kims Zimmer an deren Computer, das mache ich sonst nie, Kims Zimmer ist tabu. Das Passwort weiß ich, weil unsere Eltern drauf bestehen, unsere Passwörter zu kennen. Kims habe ich einmal aufgeschnappt. Obwohl sie volljährig ist, macht sie das noch mit. Vielleicht weil sie weiß, dass Ma und Pa niemals ihren Computer checken würden.

Ich gebe ›Love‹ in die Suchmaschine ein. Weiß nicht, was ich erwartet habe, ein paar Herzen, Flaschenpöster, keine Ahnung. Ich klicke mich durch alles Mögliche und kann nicht aufhören, weiterzuklicken. Auch, als es nicht mehr um Liebe geht. Sondern um Sex. Oder so. Ich kann nicht hinschauen und nicht wegschauen. Wenigstens kein Ton, es sei denn, ich setze Kims Kopfhörer auf. Ich setze die Kopfhörer auf.

Je mehr ich anklicke, desto weniger kann ich hinschauen, desto mehr schaue ich hin. Wörter, die in der Schule auf den Klos an den Wänden stehen. Lautes Stöhnen. Flüssigkeiten und Genitalien saugen sich auf meine Pupillen. Meine Hand, die linke, drückt irgendwann auf x, Fenster schließen, Pause, kurz durchatmen.

Ich starre auf den Monitor. Mir wird flau im Magen, ich schließe die Augen. Alles dreht sich. Ich öffne die Augen und klicke mich wieder dahin, wo ich vorher war. Der Druck im Bauch wird noch stärker. Im Unterleib. Im Kopf. Dann muss ich lachen. Lache einfach. So eine Show. Die Füße fahren unter Kims Schreibtisch hin und her, wollen sich an den Tischbeinen anhalten, sie umwickeln. Jetzt machen die Augen dicht. Zu. Aus die Maus. Mir ist schlecht. Ich lege die Kopfhörer zurück auf Kims Schreibtisch. Kein Filter oder wie das heißt. Wieso auch, auf Kims Rechner. Nicht einmal eine Warnung. Oder doch. Irgendwas mit Volljährigkeit. Ich kann mich nicht um alles kümmern. Ob Victoria auch schon einmal schlecht geworden ist dabei? Ob sie überhaupt schon?

Ich mache die Augen wieder auf. Wehrlos sitze ich noch einige Minuten vor den Bildern, die nicht für mich gemacht sind, Pornos. Ich klicke alle Seiten weg und lösche den Verlauf der letzten Stunde. Schicke den Rechner wieder in den Schlafmodus. Irgendjemand schnappt nach Luft. Oder bin ich es selbst? Ich muss aufs Klo.

Dieses Mal ist Ma nicht zurückgekommen. Das war klar. Sonst hätte ich nicht ›Love‹ gegoogelt. Allein die Vorstellung, dass sie sich hinter mich gestellt hätte – unaushaltbar. Oberpeinlich. Ob Ma schon Pornos gesehen hat? Oder Pa? Oder beide? Gemeinsam?

°_-_° ratloser blick eines froschs, ist gerade perplex

Noch immer ist niemand außer mir zu Hause. In Cliffs Speisekammerzimmer hineinschauen. Das mache ich sonst auch nur, wenn er da ist. Na und. Als ich mich an seinen Klapptisch setze, fällt mein Blick auf ein Post-it, das an der Tischkante klebt, seitlich zwischen Regal und Tisch, schlecht versteckt, würde ich sagen.

Geburtstagswünsche:
Skateboard
Knieschoner
Handschützer
Ma und Pa wieder ♥
Handytasche
...

Ich kann mich nicht erinnern, Cliff je schon skaten gesehen zu haben. Nicht einmal Roll- oder Schlittschuh fahren. Ma und Pa wieder ♥. Ich ziehe das Post-it von der Tischkante, knülle es zusammen und werfe das Kügelchen in den Papierkorb. In dem Moment steht Cliff in der Tür. Legt seine Schultasche ab, holt sich einen Pullunder aus dem Schrank.

»Cliff, wieso sagst du nie etwas?«

»Was soll ich sagen?«, fragt er zurück. Viel zu abgeklärt für sein Alter. Neun!

»Irgendetwas.«

»Du hast komische Sachen an.«

Ich komme mir blöd vor. Er auch. Steht da und wundert sich über sein älteres Geschwist, weiß selber nicht, wieso er ist, wie er ist, und was ich in seinem Zimmer verloren habe und wieso ich seinen Wunschzettel wegwerfe.

Bevor ein Gespräch entstehen kann, ist es schon wieder zu Ende. Cliff isst gedankenverloren sein offenbar übriggebliebenes Pausenbrot. Ich sehe ihm dabei zu. Obwohl er noch ein Kind ist, hat er nichts Kindliches. Einfach eine Wand, an der man abprallt. Eine kleine Wand.

mimmi hats nochmal geschafft, aber wer weiß für wie lang. meine tante will mimmi zu sich aufs land nehmen, aber die umstellung wäre sicher auch nicht gut. ich weiß nicht, was richtig ist. ich bin schlecht drauf

ich auch

Jecinta?

–

hallo

umpf

bist du noch da?

nein

du hast heute in der schule ausgesehen, als hättest du dein gesicht aus dem fenster eines fahrenden zuges gehalten. der begriff für deine augenfarbe müsste noch erfunden werden, braun, aber auch grau, oder?

–

weißt du, dass du den kopf oft ein bisschen nach links beugst, deine linke schulter liegt tiefer als die rechte, ich finde das gut. leute mit einer kerzengeraden haltung sind uninteressant

—

—

aber meine nase ist zu groß

quatsch

kein quatsch. meine haare finde ich gut

ich auch

liebe klingt auf deutsch nicht

stimmt

warum hast du victoria von toast und käse erzählt?

scheiße scheiße scheiße

ich habe ihr auch was erzählt

was???

dass du ihren bruder küssen willst

spinnst du, jay?!

ciao

he!

fühlt sich scheiße an oder?

du rache-ekel

stimmt doch gar nicht, hab ich nicht erzählt

moral-junkie

call me

ich denke nicht daran

qualle

pissnelke

Dann ist's aus.

Ich melde mich als erste wieder:

danke, dass du mit mir simst

komisch, aber bitte

ich beneide dich, du zweifelst nie an dir selbst und du kennst leute in aller welt

a) ich will v's bruder nicht mehr küssen

b) ich zweifel nie an mir????

c) ich war noch nie weiter als rumänien und bayern

ich halte den kopf nicht schief

;-) morgen wieder chat statt sms?

hund vier: ein hund wäre gern bunt, aber er ist ein hund, also ist er nicht bunt

mehr!

morgen. bin müde, gute nacht

was ziehst du morgen an

random ;-))

uff

So viel wollte ich gar nicht schreiben. Zineb hat mich gekriegt. Zineb kriegt mich immer. Immer mit Mimmi. Wenn ich Zineb in meine neue Liste, meine NICHTS = Liste einweihen würde, hätte sie sofort etwas zu erzählen, das Mimmi nicht gemacht hat. Oder von nichts, das geholfen hat. So, als hätte sie eine Ahnung von Nichts. Aber ihres ist nur ein alltägliches Nichts. Wenn nichts mehr klappt. Wenn ihr nichts einfällt. Wenn Mimmi nichts frisst. Lauter unechte Nichtse.

Eigentlich ist es mir egal, ob Zineb von mir und meinem echten Nichts weiß. Es macht keinen Unterschied. Ich brauche sie dafür nicht. Nichts braucht nichts. Nichts ist sich selbst genug. Weil es nichts ist.

NICHTS =
100% Zufallskleidung
Drüberstehen
Freiheit
Kein Druck
No jeans
No label

~~j_a~~ nein
Nicht auf Z warten
Nie mehr (?) Hausaufgaben machen
Nichts Besonderes mehr mögen (Pommes????)
UND:
Keine Apps
Nur SMS
Null Interessen
Freie WC-Wahl
Pommes???
Nicht reden (oder kaum reden)
Leo????
~~Schwester~~ Geschwist von Kim und Cliff
~~Tochter~~ Kind von Ma und Pa
No boys no girls no Kleingruppen
Nicht mehr dazwischen
Ohne Fahrschein fahren
Nicht alles, was möglich ist, sondern möglichst nichts, was möglich ist. (Vielleicht ist das ein und dasselbe, das weiß ich nicht.)
Können Listen NICHTS sein? (Oder auch keine Listen mehr?)
Nichts und Leo???
UND:
Kein Verständnis von anderen brauchen
J. kommt klar
Listen adieu!
Nicht zu viel denken
Keine WC-Grübel-Pause mehr nötig
Luft

Zehn

Kim durchquert mein Zimmer, sagt leise: »Heute Nacht gibt es noch einmal Besuch.«

Ich liege schon im Bett, beeile mich zu antworten: »Hat deine Freundin Ärger zu Hause? Oder Geldsorgen? Oder wird sie verfolgt?«

Kim reagiert nicht.

»Findest du meine Fragen Kinderkacke?«

So sagt Kim jeweils zu Sachen, die unter ihrer Volljährigkeitswürde sind: Kinderkacke.

»Nein.« Pause. »Tut mir leid, wenn du schon geschlafen hast. Ich wollte dich nicht wecken.«

Ich kann mich nicht erinnern, dass Kim sich schon jemals für etwas bei mir entschuldigt hat.

»Nadja wird öfter kommen in nächster Zeit.«

»Wieso kommt sie nicht tagsüber?«

Diese Frage war Kinderkacke, eindeutig. Nadja: Freundin von Kim. Große Kim. Hat eine gute Freundin. Eine echte Freundin. Vielleicht sogar eine beste Freundin.

Hat Nadja blaue Flecke? Platzwunden? Wut in den Augen? Kränkung? Oder Scham?

Kein Wunder, dass Kim in ihrem Zimmer verschwunden ist. Kinderkacke. Immer wieder kommt mir was dazwischen. Zwischen mich und Nichts.

Früher hat Kim mir manchmal die Haare gemacht. Ihren ganzen Samstag- oder Sonntagnachmittag hat sie für mich freigehalten. Jedes Mal hat sie sich etwas Neues einfallen lassen, es hat ewig gedauert, aber ich hätte noch viele Stunden mehr stillgehalten dafür, dass sie mir diese Braids-Kreationen macht. Erst, wenn alles fertig war, durfte ich in den Spiegel schauen. Ich war voll glücklich. Das erste Mal war zu meinem achten Geburtstag. Irgendwann hat es aufgehört. Ich weiß nicht, wieso. Ungefähr, als ich in die Pubertät gekommen bin.

Remi und Leo fahren auf einem türkisen Skateboard ein kleines Kind ins Krankenhaus. Es wird in den Operationssaal geschoben, Remi und Leo tragen grüne OP-Kleidung, sie schunkeln das nervöse Kind hin und her. Eine Ärztin stellt mit ihrem Fernrohr fest, dass das Herz des Kindes schlägt.

Lauter rote Herzen schweben wie Seifenblasen im Operationssaal herum. Remi fängt sie ein, immer mehr, das Kind lacht, die Ärztin fährt weinend mit dem Skateboard aus dem Saal hinaus, das kleine Kind rennt schreiend hinterher, Remi und Leo raufen um die Herzen, ein Handy klingelt. Jemand hebt ab, jemand legt auf, die Herzen explodieren. Das Blut ist kein Blut, sondern Milch.

Alles still. Kein Handy. Nacht. Weder Nadja noch Kim unter meinem Hochbett. Schon gar nicht Leo, ein Kind oder Remi. Keine Milch. Einfach nur ein Traum. Geht nicht weg, geht nicht weg von mir, denke ich, Ma, Pa, bitte geht nicht weg von mir.

Ich horche in die Nacht. Alles still. Aber wofür eigentlich? Wofür sollten wir bei dir bleiben? Bei Nichts. Wozu soll das gut sein? Höre ich Ma oder Pa oder beide fragen.

Leo sagt, Nichts gibt es nicht. Immer sei etwas da. Genauer: schreibt Leo. In der Mathestunde lag wieder ein Zettel auf meinem Tisch. Auf dem standen Leos Gedanken über NICHTS.

Zur Tarnung hat Leo eine andere Schrift verwendet als ihre normale Handschrift. Ich nehme an, falls der Zettel jemand anders in die Hände fallen sollte.

Nichts gibt es nicht. Immer ist etwas da.
Mindestens unser Atem, unsere Körper. Selbst
im Tod gibt es einen Körper oder Asche oder
später Knochen. Ich fühle mich manchmal wie
nichts. Aber immer ist da noch der Körper,
mein Körper. Den ich gern zu nichts machen
würde. Damit er niemandem gehören kann.
Damit alle, denen er gehört, nichts mehr haben.

Wieso gehört Leos Körper anderen? Wem?

Ich falte den Zettel zusammen und lege ihn unter die Matraze. Wer sonst könnte das geschrieben haben? Ich ziehe mir die Decke über den Kopf und versuche, wieder einzuschlafen.

Das letzte Mal hat niemand reagiert.
Deshalb noch einmal:
Hallo. Ich bin neu hier.

Elf

p. s. stell dir vor die liebe kommt durch den magen und du hast gerade durchfall – was dann?

Diese SMS fällt auf den Frühstückstisch. Schneller als Kim, Cliff oder Ma reagieren können, schnappe ich mein Handy.

»Gehts jetzt dann los?« Kim setzt ihr Großes-Geschwist-Gesicht auf.

»Was geht los?«, will Cliff wissen.

»Kinder, bitte wenigstens beim Frühstück kein Handy.«

Da hilft nur die Flucht ins Bad. In Ruhe noch einmal die Nachricht von Leo lesen und zurückschreiben: wo bist du?

Keine Antwort.

Mir fällt das Foto ein, das Leo mir in der Schule gezeigt hat. Auf ihrem Telefon. Ein merkwürdiges Foto. Leo, die nicht aussah wie Leo.

Stellt euch vor, ihr lest ein Buch
und es fängt immer wieder
von vorne an.

Zwölf

»Stellt euch vor, die Liebe kommt durch den Magen und ihr habt gerade Durchfall. Was dann?«, sage ich beiläufig. Zineb, Victoria und ich bleiben nach der letzten Stunde noch im Klassenzimmer sitzen. Wir haben uns nicht dazu verabredet. Es ergibt sich.

Victoria lacht und legt erwartungsvoll die Füße auf den Tisch. Zineb stellt, während sie ihre Schulsachen in einem viel zu kleinen Rucksack verstaut, fest: »Liebe macht doch nur Ärger. Alle, die lieben, sind lästig. Sie denken nur an sich und aneinander, sortieren die Welt ein in alles, was durch zwei zu teilen geht. Überflüssig, wenn ihr mich fragt. Wer braucht das?«

»Also, was ist jetzt mit der Liebe im Magen und dem Durchfall?«, beharrt Victoria.

Ich hänge mich mit dem Oberkörper über eine Stuhllehne. »Ich glaube, meine Mutter hat einen Liebhaber.«

Zineb richtet sich kerzengerade auf. Victoria nimmt ihre Füße vom Tisch und rückt mit dem Stuhl ganz nah an die Tischplatte heran. »Was jetzt, glaubst du oder weißt du?«, will Victoria wissen. »Weiter, weiter.«

»Sie trifft sich immer im Kino mit ihm und sagt, sie gehe zum Abendschwimmen. Sie sprechen Französisch und Spanisch miteinander. Es geht, glaube ich, ungefähr ein halbes Jahr. Knutschen und so. Im Kino.«

»Muss schlimm sein für dich, die eigene Mutter und so. Jecinta?« Victoria hält mir einen Kaugummi hin.

»Jay«, sagt Zineb.

»Ach ja, Jay.«

Als wir die Treppe hinuntergegangen sind und in der Pausenhalle stehen, winkt Victoria, obwohl sie genau neben Zineb und mir steht, »Bis dann, ciao« und sie läuft durch die Glastür, über den Hof und biegt dann rechts ab. Zineb greift nach meiner Hand, greift ins Leere, weil ich meine Hand wegziehe. Ein Buchstabe braucht keine Freundin. Oder was jetzt?

Zineb geht. Auch durch die Glastür, den Hof hinunter und dann zum Bus. Ich renne ihr nach, hole sie ein. Wir reden nichts. Als der Bus kommt, winkt Zineb, »Bis dann, ciao«, obwohl wir beide einsteigen.

»Wieso hast du mir das mit deiner Mutter nicht schon längst erzählt?«, fragt Zineb. Und: »Wieso bist du nirgends mehr erreichbar, was soll das mit den SMS? Du kriegst ja nichts mehr mit. Und bist du jetzt ein Neutrum, also sie oder er oder sehr oder was?« Gerade noch, bevor der Bus losfährt, steige ich wieder aus. Von draußen winke ich Zineb zu. Sie schaut aber nicht hinaus. Wieso habe ich das von Ma überhaupt erzählt? Es ist ausgedacht, alles. Das Abendschwimmen, der Liebhaber, das Knutschen.

Ich verstehe meine eigene Welt nicht mehr. Crazy.

Dreizehn

Ich kann den Geruch nicht einordnen. Etwas ist ungewohnt. Etwas passt nicht zur Situation. Es ist der Geruch, der nicht passt. Er stört, er stellt sich zwischen Leo und mich. Ich will meine Nase verstopfen, will den Geruch ignorieren, aber es geht nicht. Es ist Schweiß. Beißender Schweißgeruch.

Nie sonst verströmt Leo diesen Geruch. Ich selbst auch nicht. Sonst ist niemand im Spindraum. Der Geruch gehört zu ihr. Sie scheint es nicht zu bemerken, ist mit einer Playlist beschäftigt. Wirft mir ein Lächeln zu, als sie bemerkt, dass ich zu ihr schaue. Dann surfen wir auf ihrem Telefon zu den Öffnungszeiten eines Fahrrad-Werkstatt-Kollektivs, wo wir meine schleifenden Bremsen reparieren wollen. Morgen. Oder bald mal.

Wie kann es sein, dass sie nichts riecht? Den Geruch nicht einmal aktiv ignoriert oder vertuscht, die Arme enger an den Körper anlegt?

Ich dränge aus der Garderobe und dem Schulhaus hinaus, an die Luft, Leo nimmt meine Eile nicht zur Kenntnis.

In der übernächsten Stunde bittet Leo die Lehrperson, zur Schulärztin gehen zu dürfen wegen heftiger Kopfschmerzen. Ich bitte darum, Leo zu begleiten. Aber sie will das nicht. Der Lehrperson ist es egal, Hauptsache, Leonie gehe es bald besser, sagt sie. Den heftigen Geruch scheint Leo im Spindraum gelassen zu haben. Jedenfalls ist in der Klasse alles halbwegs normal. Bis auf die Kopfschmerzen. Und dass sie so tut, als kenne sie mich nicht.

Als sie längst gegangen, die Stunde zu Ende und Leo nicht mehr zurück in die Klasse gekommen ist, beginnt auch mein Kopf zu dröhnen. Es wird immer stärker, von Minute zu Minute. Ich kenne diesen Schmerz nicht, habe sonst nie Kopfweh. Bauchweh, Halsschmerzen, Zahnentzündung, verstauchter Fuß, alles schon da gewesen, aber Kopfschmerzen sind nicht meins. Die Augen können nicht mehr richtig scharf stellen, der Hals fühlt sich steif an, die Schultern sind schwer, die Schläfen pochen, alles ist Schmerz. Einfach nur Schmerz.

Wie kann jemand so stark riechen und dann plötzlich nicht mehr?

Der Raum der Schulärztin ist geschlossen. Leo ist sicher nach Hause entlassen oder von jemandem abgeholt worden. Ich stelle mich vor die Schule an die Straße. Gegenüber in dem Durchgang zum Häuserblock, in dem Leo nach unserem ersten Gespräch hier verschwunden ist, raufen zwei Schüler:innen. Ich müsste längst im Nachmittagsunterricht sein. Stattdessen schaue ich den beiden zu.

Wer mich jetzt sehen könnte, würde denken, ich sollte eingreifen. Aber ich möchte einfach nur hier stehen. Falls Leo zurückkommt. Vielleicht geht es ihr wieder besser, vielleicht hat sie etwas in der Schule vergessen, vielleicht denkt sie, dass ich wieder hier stehe. Ich möchte, dass sie mich sieht. Gleichzeitig möchte ich das auf keinen Fall. Was sollte ich sagen, wieso ich schon wieder allein hier stehe? Ich hole mein Handy aus dem Rucksack, entsperre, eine Nachricht:

unterschied zwischen frosch und klavier? Cliff!

Die Schüler:innen in dem Durchgang gegenüber liegen inzwischen auf dem Boden, aufeinander. Ich kann nicht erkennen, ob das noch Raufen oder schon Kämpfen ist oder miteinander Ausruhen oder sonstwas, das die beiden miteinander haben. Mir doch egal.

Das Handy rutscht mir aus der Hand. Uncool. Zum Glück sind die beiden mit sich beschäftigt. Ich hebe das Handy auf, dann gehe ich zurück in die Schule. War was? Habe ja nur ein bisschen frische Luft geschnappt. In der Pausenhalle piepst mein Handy, Remi:

wo bleibst du? vokabeln schnarch. amüsierst du dich wenigstens?

eine keilerei, ich dabei

was????

blödsinn

;-)

kennst du das: wenn nichts ist, dann wird plötzlich alles riesengroß

kenne ich nicht

nichts = gleichgültigkeit?

Wenn es nach mir ginge, gäbe es keine Garderoben.
Ich behalte meine Jacke sowieso immer an.

Vierzehn

Ich weiß nicht, wie es anderen mit ihren Eltern oder Erziehungsberechtigten geht, wie lange diese es durchhalten, neue Spielregeln ihrer Kinder mitzuspielen. Meinen Eltern hätte ich keine zwei Stunden zugetraut. Jetzt sind es schon Wochen. Das Gespräch mit Ma mit dem Schlüsselbund und mit Leos Zeichnung und dem Zuprosten zählt nicht. Das war – ich weiß nicht, was das war. Eine Ausnahme.

Heute Nachmittag jedenfalls ging es nicht mehr. Erst kam Ma in mein Zimmer, später kam Pa dazu. Sie halten mein J.-Sein nicht aus. Sie wollen mit mir reden, sie wollen mir schöne Sachen schenken, an denen ich Freude habe, sie wollen mich wachsen und erwachsen werden sehen mit allem, was an Plänen, Versuchen, Scheitern und Wieder-Aufstehen dazugehört.

So ähnlich haben sie es beschrieben. Erst Ma, dann Pa. Oder umgekehrt. Sie wollen für ihr Kind einen Namen haben und nicht nur einen Buchstaben. Sie wollen alles, was ihr Kind will und kann. Oder so ähnlich. Sie wollen, dass ich aus dem Vollen schöpfe, das ganze Menü, dass ich Hoffnungen habe, dass mir die Welt offensteht.

Ich werde darüber nachdenken, habe ich gesagt, damit sie endlich mein Zimmer wieder verlassen. Das ist der wahr gewordene Albtraum: bedröppelte Erwachsene, die auf der Bettkante oder einem Stuhl oder Sitzsack im Kinderzimmer sitzen, und das Leben ihrer Kinder einrichten wollen. Wie eine Wohnung. Ich bin aber keine Wohnung und lasse mich nicht einrichten. Ich will und bin J.

Jedenfalls waren sie dann endlich weg, alle beide, verheult, auch alle beide. ›Was haben wir bloß falsch gemacht‹ haben sie sich für nächstes Mal aufgehoben, schätze ich. Dieses Mal kam es jedenfalls nicht. Zum Glück.

Eltern glauben ja nie, dass sie das, was sie annehmen, mit ihren Kindern falsch gemacht zu haben, gar nicht falsch gemacht haben, sondern alles mögliche andere. Dass wir Kinder aber keine Zeit haben, um über die Fehler unserer Eltern nachzudenken, verstehen sie nicht. Wir haben genug mit uns selbst zu tun, finde ich.

Ich habe mich nicht lange damit aufgehalten, nein zu allem, was sie für mich wollen, zu sagen. Sonst wäre ich nie fertig geworden. Nein nein nein nein nein nein nein nein nein nein nein ...

Sie denken, ich denke darüber nach. Sie glauben, ich gehe wieder zum Ausdauertraining und zum Chor. Zu allem, wo ich unbedeutend gut oder schlecht bin. Sie denken, ich will wieder so sein wie vorher. Das gibt mir Zeit. Wir haben nicht vereinbart, wie lange ich nachdenke. Wenn sie mich Jecinta nennen, reagiere ich nicht.

Zwischen meinen Eltern ist nichts. Sie sollten sich also auskennen. Aber sie nennen es nicht Nichts. Alle nennen es Liebe. Ehe. Familie. L.E.F. Liebe, Ehe, Familie. Ihr Nichts heißt L.E.F., ihr Alles heißt L.E.F. Womit bewiesen wäre, dass Alles Nichts ist. Stopp, ich wollte nicht so viel nachdenken. Schluss!

a) L.E.F. klingt so, wie Cliff Laf sagt.

b) Am besten immer sagen: ›Ich denke darüber nach.‹

Sie haben dann noch Cliff vorgeschoben. Immer, wenn es ernst wird, sprechen sie von Clifford. Er brauche mich als Vorbild, als Halt, gerade jetzt, wo die Schule ihn sehr verunsichere. An einen Buchstaben oder einem Nein zu allem könne er sich nicht festhalten. Er brauche mich. Als Schwester, nicht als Geschwist.

Haha, Cliff braucht mich. Das sollen sie sich mal trauen, ihm direkt zu sagen. Was sie ernten werden: ewiges Schweigen. Eigentlich ist Cliff mir weit voraus. Er sagt schon immer nichts, wenn er gefragt wird. Er beherrscht schon von Geburt an, was ich mir mühsam erkämpfen muss. Hut ab, kleiner Bruder.

Und dann kam Ma auf unser Gespräch zum Thema Liebe zurück. Das hat mir gerade noch gefehlt. Und dann hat Pa feierlich erklärt: »Manchmal tut Liebe weh, wenn sie zu groß ist. Dann ist man überwältigt und kriegt fast keine Luft mehr. Vor Glück. Oder Liebe tut weh, wenn sie nicht mehr da ist.«

Immerhin verkauft Pa mich nicht für blöd. Dann war er still und ich wusste nicht, wohin mit mir. Habe zwischen meinen Eltern hin- und hergeschaut, Ping-Pong, links rechts links rechts, bin stecken geblieben.

War ich das, die Ma gefragt hatte, was Liebe eigentlich bedeutet? Ich bin sicher, dass meine Eltern ewig darüber geredet haben. Ich konnte jedenfalls nicht damit rechnen, dass diese Frage etwas auslöst, worauf ich nicht vorbereitet bin. Wir standen alle drei unschlüssig herum.

Ich nehme mir vor, nie wieder etwas Persönliches zu fragen. Es war nicht zu ertragen, wie er dastand und lächelte. Das war zu viel Pa. ›Vor Glück.‹ Ich habe meinen Vater noch nie glücklich gesehen. Genau genommen weiß ich nicht, wie das aussieht, wenn Pa glücklich ist. Oder unglücklich. Er sieht immer aus wie Pa. Zwischen allem. Meist steht er tatsächlich dazwischen, zwischen Tisch und Stuhl zum Beispiel, zwischen Herd und Kühlschrank, zwischen Haustür und Auto, zwischen Esszimmer und Küche. Auf unerklärliche Art dazwischen.

Ob er auch dieses Gefühl kennt ... ewiges Mittelfeld, weder Kopf noch Zahl, zerschmolzener Käse zwischen zwei Toastscheiben ...? Können Erwachsene sich überhaupt so fühlen? Egal, ich habe meinen Entschluss und Pa muss selbst schauen, wie er da rauskommt.

Scheißt ihr euch auch an,
wenn ihr jemanden nicht
so gut kennt, aber –
Ach, vergesst das wieder.
Nicht wichtig.

Fünfzehn

Ich trage das, was zuoberst im Kleiderschrank lag, ein türkises T-Shirt mit Pailetten, dazu eine schwarze Legging, die etwas zu weit ist. Und einen Rock, nicht mini, nicht lang, kariert, irgendwas zwischen Style und Mittelalter. Kariert! Um das Fahrrad in die Werkstatt zu bringen, wäre das Outfit nicht der Rede wert. Um gemeinsam mit Leo, die jeden Moment an der Tür klingeln wird, zur Fahrradwerkstatt zu fahren, ziehe ich schnell etwas anderes an, also drüber. Den Wrangler-Pulli. Und den Rock aus. Nur heute. Nur jetzt. Bunte Shorts über schwarzer Legging, Sweatshirt – grau auf orange, schwarze Ärmel –

Es läutet.

Die Shorts ist am Bauch eng. Den Knopf offen lassen, Gürtel drüber, Jacke an, Türöffner betätigen, in die Schuhe hinein, Schlüssel, Rucksack, »Bis später, bin in der Fahrradwerkstatt« in die Wohnung rufen und raus ins Treppenhaus, nochmal zurück, weil ich den Helm vergessen habe, dann den Schlüssel gesteckengelassen, gerade noch bemerkt, die paar Stufen hinunterspringen, Haustür aufziehen, »Hallo!«

»Hallo.«

Sie trägt die gelbe Windjacke, wie immer. Sie schaut sich um.

»Warten wir noch auf jemanden?«

Sie hat meine Frage nicht gehört. »Leo?«

»Auf was warten wir?«, fragt sie.

Wir warten nicht, wir fahren los. Ich auf dem Gepäckträger, sie fährt. Wir kurven durch die Stadt, wir haben es nicht eilig, die Werkstatt hat noch den ganzen Nachmittag geöffnet. Zwei Autos hupen uns an, wir winken synchron die Fahrer:innen der Autos noch mehr in Rage und biegen dann gegen die Fahrtrichtung in eine Einbahnstraße ein, abgehängt.

An einer Bushaltestelle tauschen wir. Ich fahre, Leo sitzt seitlich auf dem Gepäckträger und kreischt laut bei jeder Kurve, in die ich mich hineinlege. Ihre Arme umschließen meinen Bauch.

Irgendwann kommen wir in der Fahrradwerkstatt an. Wir müssen eine Weile warten, viel los. Schließlich nimmt sich ein Jugendlicher meiner Fahrradbremsen an. Der Jugendliche ist kaum älter als wir. Er erklärt uns, wie wir ein neues Bremsseil und neue Bremsbacken montieren können. Wenn wir Hilfe brauchen, sollen wir uns melden.

Schon nach ein paar Minuten brauchen wir Hilfe. Der Jugendliche bringt einen Werkzeugkasten mit, den er mit einem lauten Quietschen öffnet und aus dem er Kabelbinder herausfischt. Ich sehe Mini-Leo kurz wieder, verschreckt. Vom Quietschen? Oder den Kabelbindern? Aber vielleicht ist das nur meine Einbildung.

Eine knifflige Stunde später bremst das Rad wieder wie neu und wir sind beide stolz, die Reparatur, mit Anleitung zwar, aber doch weitgehend zu zweit geschafft zu haben. Wir ölen noch die Kette, erneuern das Birnchen im Rücklicht, zahlen muss ich nur das Material. Ich lege das Geld in eine mit Stickern beklebte Box auf dem Tisch inmitten der Werkstatt.

Leo, die kein eigenes Fahrrad hat und auch ganz entschieden keines haben will, erklärt dem Jugendlichen beim Verlassen der Werkstatt, dass sie gerne in dem Projekt mitarbeiten würde. Ich fasse es nicht, sie so offen zu sehen, einfach Leo zu sehen. Eine Freundin, eine gute Freundin. Oder was?

Auf dem Rückweg will Leo an einer Bäckerei anhalten. Es sei ihre Lieblingsbäckerei, sagt sie, mit dem besten Apfelrührkuchen der Welt. Flaumig wie nur was. Apfelig. Süß. Hmmmm. Sie geht in die Bäckerei und kauft vier Stücke, zwei für sich, zwei für mich, appetitlich in eine dieser faltbaren Pappschachteln geschlichtet. Ich mag Obstkuchen nicht so gerne und lasse ihr alle vier Stücke. Sie bleibt beim Rad, ich gehe in die Bäckerei. Es riecht wirklich extrem gut. Mich lacht trotzdem kein Kuchen an. Als ein weiterer Kunde kommt, kaufe ich schnell irgendetwas.

Leo hat schon das erste Stück komplett verputzt und beißt gerade genüsslich in das zweite hinein. Sie will mir nochmal Nummer drei und vier andrehen, aber ich zupfe an meiner Blätterteigtasche – oder was das ist – herum. Die Kuchenstücke drei und vier bleiben in der Schachtel auf dem Gepäckträger. Also müssen wir das Rad schieben.

Die Kuchenschachtel in meine Satteltasche zu stecken, kommt nicht in Frage. Sie ist alt und abgewetzt, meine Satteltasche, aber es würde sicher gehen und der Kuchen hat ja keinen Pudding- oder Cremebelag, könnte also problemlos in der Schachtel in der Satteltasche auf der Seite liegen. Aber undenkbar für Leo. Der heilige Kuchen sitzt auf dem Gepäckträger statt ihr oder mir, und wir schieben abwechselnd das Rad. Gehen lange, bis wir vor dem Haus stehen, in dem Leo wohnt.

Leo geht aber nicht hinein, sondern begleitet mich weiter zu dem Haus, in dem ich wohne. Ich gehe auch nicht hinein, sondern begleite Leo wieder zurück. Wir bringen einander vor die eine und die andere Haustür, zwei Runden, drei Runden, erst beim vierten Anlauf zieht Leo vorsichtig die Kuchenschachtel vom Gepäckträger.

»Bis morgen!« Sie steht da, wartet dass ich auf mein Fahrrad steige und losfahre. Ich will aber noch nicht fahren. Leo bleibt vor dem Haus stehen. Ich lehne mein Rad an die Hauswand und lese die Namen auf den Klingelschildern laut runter, Seier, Prull-Assmann, Bunović, D. Kunert, Omgan – keine Ahnung, wie Leo mit Nachnamen heißt – Rüpich & Brever …

Leo unterbricht mich: »Fährst du jetzt?« Dann schließt sie die Haustür auf und geht hinein. Sie macht nicht vorher kehrt, um mich wieder zurück zu begleiten. Ich spüre einen kleinen, einen Ministich im Bauch. Oder ist es mein Herz?

»Bis morgen«, sage ich, aber da ist die Tür schon zugefallen. Erst jetzt sehe ich das Glasschild an der Wand gegenüber vom Klingelfeld:

Sozialtherapeutische Wohngemeinschaft, 2. Stock

Ich fahre nach Hause. Das Rad fühlt sich leicht an, aber die Bremsen sind so stark, dass es mich zwei Mal fast über den Lenker hebt.

Als ich zu Hause die Stufen hinaufgehe, schießt mir die Frage in den Kopf, wieso ich eigentlich immer Replay Jeans bestellt habe. Wieso nie Wrangler?

Ich weiß nicht, ob ihr dieses Gefühl kennt, euch aus heiterem Himmel stark zu fühlen, bärenstark. Also stark. Meine ich. Einfach stark.

Sechzehn

Es waren einmal drei Haushunde, die kannten keine Zärtlichkeit. Sie hießen Çatal, Coltello und Kašika. Ins Deutsche übersetzt bedeuten diese Namen Gabel, Messer und Löffel. Kašika war vom Charakter her etwas schwammig, löffelig irgendwie, ein fader Hund. Coltello verletzte manchmal ungewollt andere Hunde mit seinen scharfen Zähnen. Und Çatal war ruhelos, mit für einen Hund erstaunlich unkoordinierten Bewegungen, nervös und atemlos.
So lebten die drei Hunde mit den merkwürdigen Namen und je einem Hundekörbchen vor sich hin. Niemand tätschelte oder streichelte sie, obwohl sie Haushunde waren bei einer durchschnittlichen Familie am Rande einer durchschnittlichen Stadt in einem überdurchschnittlichen Haus.
Eines Tages stand plötzlich nur noch ein Hundekörbchen auf der alten großen Steintreppe. Çatal, Coltello und Kašika legten sich irritiert hinein, aber da sie zu dritt nicht in einen Korb passten, legten sie sich aufeinander, drückten einander die feuchten Nasen ins Fell und –

Auf keinen Fall kann ich mir vorstellen, diese Geschichte in der Deutschstunde vorzulesen oder etwa abzugeben. Bei der Vorstellung, wie Jelena Menger von Çatal, Coltello und Kašika lesen und womöglich mit Rotstift dort hineinschreiben würde, steigt in mir eine Mischung aus Zorn und Scham auf.

Nachher würde Jelena Menger denken, ich bekomme keine Zärtlichkeit von meinen Eltern. Und würde Ma und Pa einladen und mit ernster Miene über meine Fantasie sprechen. Oder sie würde annehmen, ich sei verliebt und drückte meine Nase in Zinebs oder Remis Armbeuge oder Victorias Wange. Oder sie würde Ma und Pa darauf hinweisen, dass ihr

Kind an Sex mit Tieren interessiert sei, zumindest darüber fantasiere. Nicht auszudenken.

Nein, es ist unmöglich, diese Geschichte fertig zu schreiben. Aber eine andere habe ich nicht.

Hausaufgaben. Hatte ich nicht sowieso schon beschlossen, keine mehr zu machen, nichts mehr für die Schule zu machen, überhaupt für nichts mehr etwas zu machen? Also.

Wozu sollte man sich die Mühe machen, eine Geschichte mit Figuren und allem zu erfinden und dann ist die Lehrkraft zwar nett, aber auf Grund eines übermäßigen Hangs zur Interpretation ungeeignet, derlei verkraften zu können. Zeit, die Augen zuzumachen und dem Nichts der Nacht Platz zu machen.

hund fünf, der Vollständigkeit halber ergänze ich noch diese Überschrift. Was ist das überhaupt für eine durchschnittliche Familie, die ihre Hunde Löffel, Messer und Gabel nennt. Hunde-Besteck!

Ich drehe das Licht ab, aber meine Gedanken kreisen erst recht weiter. Wer ist so alt wie ich und gehört zu keiner Clique, verwendet keine Apps, ist eine Person ohne Interessen, blank, roh, nicht begabt, nicht unbegabt, ohne Berufung oder Berufswunsch, ohne Talente? Komplett rebooted, nicht formatiert, nicht programmiert, kein:e Nachfahr:in von anderen, einfach ein Mensch aus einer chemischen Reaktion entstanden, null DNA, ohne Namen.

Von einem Geräusch am Fenster wache ich auf. Horche angestrengt, was los ist unter dem Hochbett. Jemand auf Zehenspitzen. Ich hänge den Kopf über den Hochbettrand.

»Psssst, hallo, warte mal einen Augenblick. Nadja?« Ich weiß nicht, was ich sagen soll, rede aber trotzdem drauflos: »Du brauchst nicht so leise zu sein, ich bin sowieso wach. Ich halte dicht. Ich … ich … habe dich immer gehört. Du weißt ja den Weg zu Kim. Ich bin übrigens Jay. Wenn du weißt, was ich meine. Ich meine, es wird schon hell. Also dann.«

Nadja winkt hinauf.

»Au!«

»Ist was?«, fragt Nadja besorgt.

Ich halte mir den Kopf. Wieder mal zu schwungvoll aufs Hochbett geschwungen und dabei an die Decke gestoßen. Gehts noch uncooler?

Als der Wecker um kurz nach sieben läutet, weiß ich nicht mehr, ob meine kleine Rede an Nadja ein Traum war oder echt. Nur die Nachttischlampe brennt noch, so, als wolle sie beweisen, dass sie mehr kann, als ein kaltes, fahles Licht an die Decke zu werfen. Aber sie kann nicht mehr.

Siebzehn

Am nächsten Morgen in der vierten Stunde, Deutsch. Jelena Menger bittet mich, meine Hausaufgabe vorzulesen. War ja klar. Stille im Klassenzimmer. Selten ist Stille. Jedenfalls in Deutsch.

»Ich habe die Hausaufgaben nicht gemacht.«

Als ich das sage, kann ich Jelena Menger nicht ansehen. Die, die immer auf mich zählen kann. Sie fragt eher besorgt als ärgerlich nach.

»Es ging nicht, ich meine, mir ist nichts eingefallen, das heißt, es hat mir nicht gefallen, ich bin, nein, ach, ist ja egal.«

Komischerweise ist es immer noch still in der Klasse.

»Hauptsache, du hast etwas geschrieben.« Jelena Menger ist eine gute Lehrerin. Das sagen alle. »Gefällt es dir selber denn, Jecinta?«

Wann hört diese Fragerei endlich auf.

»Ja, die Geschichte ist gut. Aber sie ist noch nicht fertig.«

Die einzige erwachsene Person in dieser Schule, die mich manchmal wirklich etwas fragt, ernst gemeint, mit Zeit, geradeaus, ist diese Lehrperson. Schon oft habe ich mir vorgenommen, wenn ich einmal etwas wirklich Wichtiges fragen werde, egal wen, dann werde ich es tun wie sie, mit ruhiger Stimme, sehr direkt, mit offenem Blick, sodass das angesprochene Herz einen kleinen Sprung macht. So werde ich jemanden fragen. Jemand für mich sehr bedeutenden. Später. Nach den wichtigen Dingen werde ich fragen. Eines Tages. Sicher, ganz sicher.

»Ich bitte dich, den Anfang vorzulesen, nur den Anfang.«

»Ich nenne mich übrigens Jay. Daran wollte ich noch einmal erinnern. Ich meine, ich wäre Ihnen und allen dankbar, mich Jay zu nennen.«

»Pardon, ja. Ich bitte dich, Jay, den Anfang vorzulesen.«

»Es waren einmal drei Haushunde, die kannten keine Zärtlichkeit. Sie hießen Çatal, Coltello und Kašika. Ins Deutsche übersetzt bedeuten diese Namen Gabel, Messer und Löffel.«

Ich schaue von meinem Zettel auf und Jelena Menger an.

Sie sagt »Danke.«

»Wozu war das jetzt gut?«, raunt irgendwer. Carlos übergeht diese Frage und sagt: »Ich kenne zwei Katzen, die heißen Donna Leon, also Donna und Leon und vier Meerschweinchen, die nach den Jahreszeiten heißen.« Carlos scheint das mit dem Besteck ganz normal zu finden.

»Die neue Schulband heißt Fischmesser«, ergänzt Victoria.

»Wenn ich nicht nur meinen Hund, sondern zwei Haustiere hätte, würde ich sie Käse und Toast nennen«, sagt Zineb, ohne mit der Wimper zu zucken. Ich schließe die Augen. Mir wird heiß. Ich kann nicht unterscheiden, ob die anderen in der Klasse laut sind oder ob es nur in meinem Kopf kracht.

Ich öffne die Augen und sage: »Ich lese doch meine Hausaufgabe vor«, und beginne zu lesen. Von Satz zu Satz wird meine Stimme fester und an dem Punkt, wo die Geschichte abrupt abbricht, erzähle ich spontan weiter, wie Çatal, Coltello und Kašika auf Donna Leon treffen, die sie zu den Hauptfiguren ihres neuesten Krimis macht, der in exakt vier Jahreszeiten spielt.

Am Ende weiß niemand, wer was getan hat, der Krimi wird ein Bestseller, Besteckkreationen von namhaften Designerstudios werden »Three dogs«, »Zärtlichkeit« und »Kollektion Korb« genannt und Jelena Menger scheint sich aufrichtig zu freuen. Ich mich auch.

Leo ist nach der Stunde sofort aus der Tür draußen. Sie hat nichts zu meiner Geschichte gesagt. Sie hat gar nicht zugehört, glaube ich.

Zineb steht unentschieden in der Klassenzimmertür. Wartet sie auf mich? Ich gehe zu ihr, nehme sie in den Schwitzkasten und drücke ihr meine Nase fest in die Wange.

Ich habe Angst vor Hunden. Panische Angst.

Das sind einfach meine Gedanken zu heute. Nicht weitersagen. Ich verlasse mich auf euch. Danke.

Achtzehn

Auf dem Tisch in der Küche steht der Apfelkuchen, den ich gebacken habe. Er sieht fast so aus wie der aus der Bäckerei, den Leo mit »mein absoluter Lieblingskuchen« geadelt hat.

Ma kommt herein, begrüßt Leo, nicht, ohne auf den Kuchen zu zeigen: »Dein Lieblingskuchen, habe ich gehört, mit Hingabe gebacken, Jay bäckt sonst nie, ich habe euch noch Obers hingestellt, falls ihr wollt, lasst es euch schmecken.« Gut gelaunt verlässt sie die Küche. Ich beschließe, nicht im Erdboden zu versinken, sondern Obers zu schlagen.

»Mein Lieblingskuchen ist Kirschstreusel«, sagt Leo, »aber der hier sieht auch gut aus.«

Ich bin nicht ganz sicher, richtig gehört zu haben. Der Mixer ist zu laut, um gleichzeitig zu reden. Leo nimmt sich ein Glas Wasser. Der Obers wird nicht steif. Stundenlang nicht, so fühlt es sich an. Als die Rührstäbe endlich stillstehen, sind aber nur zwei Minuten vergangen.

»Ich wusste gar nicht, dass du backen kannst«, sagt Leo.

»Erster Versuch alleine«, sage ich und halte ihr ein Messer hin.

Sie schüttelt den Kopf. »Schneide du den Kuchen auf, ich bin nicht gut mit Messern.«

»Wieso nicht?«

Sie zuckt zusammen. »War nur ein Witz«, sagt sie schnell.

»Was ist dein Lieblingskuchen?«, frage ich, ohne sie anzusehen, und schiebe ihr ein großes Stück auf den Teller.

»Kirschstreusel.«

»Hast du eine Lieblingsbäckerei in der Stadt?« Ich kann es nicht lassen.

Leo überlegt. »Ich kenne keine Bäckereien in der Stadt. Ich gehe nie zum Bäcker.«

»Und der Apfelkuchen von letztens?«

Sie schaut mich ratlos an.

»Als wir von der Fahrradwerkstatt nach Hause gefahren sind.«

Pause. Oder so. Ich decke das gesamte Stück Kuchen auf ihrem Teller mit Schlagobers zu. »Stell dir vor, es wäre Kirschstreusel.«

Sie nimmt den ersten Bissen, schließt die Augen.

Als sie die Augen wieder öffnet, fragt sie: »Wieso bäckst du sonst nie?« Ohne eine Antwort abzuwarten, schiebt sie noch eine Frage hinterher: »Wer hat dir den Namen Jay gegeben?« Ihre Stimme klingt messerscharf. Von einem Moment auf den anderen.

Ich muss erschrocken geschaut haben, jedenfalls lächelt sie die unangenehme Stimme weg und beginnt, den Obers aus der Schüssel zu kratzen und gibt ihn auf meinen Teller. Wir essen beide unsere Kuchenstücke mit Schlagobers.

»Ich habe mir selbst den Namen ausgesucht, also ist ja einfach der Anfangsbuchstabe meines Namens und weil Jot nach Medizin klingt, habe ich mich für meinen Buchstaben auf Englisch entschieden«, sage ich, während ich mit dem Zeigefinger jedes Obersfitzelchen vom Teller in meinen Mund befördere.

»Ich heiße Leonie«, sagt sie und tippt mit dem rechten Mittelfinger letzte Kuchenkrümel von ihrem Teller auf.

»Ich weiß«, antworte ich.

»Das ist mein Name.«

»Ich weiß.«

»Leonie«, wiederholt sie.

»Leonie«, wiederhole ich.

»Leo habe ich mir selbst ausgesucht.«

»Ja.« Mehr kann niemand von mir verlangen.

»Wenn du diesen Pullover trägst«, sagt sie, »fühlt es sich an, als würdest du deine Arme ganz um mich herumlegen. Um dich herumlegen, meine ich. Deine Arme. Sie halten dich.«

»Ich könnte dich Kanarienvogel nennen oder Dotter, mit deiner gelben Jacke«, sage ich.

»Nenn mich nicht so!«, schneidet die eisige Stimme mir ins Gesicht, sodass mein Blick einfriert. So fühlt es sich an, komplett erstarrt.

»Was ist mit dir los? Alles okay? Willst du noch Kuchen?« Für diese drei Fragen reicht mein Mut.

Leo nickt und hält die Daumen hoch: »Alles passt. Ich will noch Kuchen. Mit mir ist nichts los. Mit dir?«

Wir fahren abwechselnd mit den Fingern in die Schlagobersrührschüssel, obwohl nichts mehr zu holen ist. Fast könnte ich die Schüssel als sauber zurück in den Kasten stellen.

Wir gehen in mein Zimmer. Es gibt nicht mehr viel dort außer dem Sitzsack. Wir liegen abwechselnd darauf und daneben herum und reißen Muster in die Papierbahnen, die immer noch auf dem Boden kleben. Ich schlage vor, bald wieder in die Fahrradwerkstatt zu fahren, vielleicht haben sie dort ein altes Rad für Leo.

»Ich kann nicht Fahrrad fahren.«

Aber du bist mit mir auf dem Gepäckträger durch die halbe Stadt geradelt, will ich sagen, aber sage es nicht, weil auch ich mir Leo, so, wie sie da auf der Papierbahn herumkugelt, maximal auf einem Kinderrad mit Stützrädern vorstellen kann.

Später bricht Leo auf und zieht die Tür hinter sich zu. Nie sonst schenke ich dieser Tür große Aufmerksamkeit. Eine Wohnungstür wie alle anderen im Haus, weiß, gutes Schloss. Dünne Holzleisten auf der ansonsten glatten Fläche teilen die Tür in ein rechteckiges Oben und ein rechteckiges Unten, eine Tür, tausendmal geöffnet, das Schloss beim Verlassen der Wohnung tausendmal abgeschlossen.

Jetzt ist die Tür von außen zugezogen worden und hinterlässt einen Stich. Im Bauch. Oder im Herz? Einfach einen kleinen Stich, einen mittelkleinen. Etwas größer als der von letztens.

Morgen sehen wir uns in der Schule wieder. Kein Grund für einen

Stich, aber es sticht. Ich kannte dieses Gefühl nicht. Vorher. Also vor Leo. Sozusagen. Das Gefühl – wider jede Vernunft und Wahrscheinlichkeit – Leo nie mehr wiederzusehen, sie zu verlieren. Leo_nie.

Mein Blick bleibt auf der Tür haften. Wenn Blicke horchen könnten, würde mein Blick darauf horchen, ob vielleicht ein Klopfen an der Tür zu hören ist. Vielleicht hat Leo etwas vergessen. Oder ebenfalls einen leichten Stich verspürt und will zurück zu mir und noch ein bisschen bleiben. Wrangler. Wie eine Umarmung. Das hat sie doch selbst gesagt.

Aber kein Klopfen. Meine Sinne machen, was sie wollen. Die Augen horchen, die Ohren wissen längst, dass Leo nicht mehr zu sehen sein wird, die Nase klinkt sich aus, die Finger meiner rechten Hand fahren nebenbei die Kanten des Tisches nach, an dem ich sitze.

Leos Saftglas steht noch da, ich räume das Glas in die Spülmaschine in der Küche und will nichts mehr von Stichen, Sinnen und Wohnungstüren wissen. Dann nehme ich das Glas aber wieder aus der Maschine raus, fülle Leitungswasser ein, trinke. Als das Glas leer ist, verweilen meine Lippen am Rand des Glases. Mit der Unterlippe rolle ich den Rand ab, bis die Oberlippe dem ein Ende setzt und das Glas festhält. Was soll das? Zurück in die Spülmaschine mit dem Glas.

Vergesslichkeit bei Kindern tippe ich in die Suchmaschine ein. Vorsichtshalber an Ma's Rechner, falls mein Telefon mal in Leos Hände geraten sollte. Oder so.

Überforderung, Schulstress, die Einnahme von Medikamenten gegen psychische Probleme und alles mögliche andere taucht auf, aber nichts, das ich brauchen kann. Ich bin sicher, dass es sich bei Leo um eine besondere Art der Vergesslichkeit handelt. Oder um einen Wechsel. Irgendwie. Wie wenn es mehrere Leos gäbe, Mini-Leo, Checker-Leo, und wie wenn ein:e Leo nichts von den anderen weiß. Alles Hirngespinste, Unsinn.

Ich gebe sozialtherapeutische wohngemeinschaft ein und lese von Intensivbetreuung, Stabilisierung schwer belasteter Kinder, freien Stellen für Sozialarbeiter:innen und Betreuer:innen.

Am liebsten würde ich Kim von allem erzählen. Aber sie würde nur ›Mach dir nichts draus, das ist die Pubertät‹ sagen. Für Kim ist alles, was mich beschäftigt, die Pubertät. Dreizehn, vierzehn, fünfzehn, sechzehn, siebzehn, achtzehn, neunzehn. Macht sieben Jahre Dauererklärung für alles, das nicht klappt, abgedreht ist oder unerklärlich. Dreizehn bis neunzehn. Bis zwölf und ab zwanzig braucht es andere Erklärungen, die Kim aber nicht hat.

Kim irrt, Kim macht es sich leicht. Kim hat keine Ahnung davon, was es bedeutet, mehreren Leos gegenüberzusitzen. Apfel- oder Kirschstreusel. Völlig verschiedene Körpergerüche. Vielleicht würde Kim einmal großzügig auf ihren Dauersatz verzichten, aber nichtsdestotrotz wäre sie davon überzeugt, dass alles an der Pubertät liegt. Ob an meiner oder an Leos, ist dann schon egal, vermutlich an beiden Pubertäten, würde Kim sagen oder denken.

Pubertäten gibt es im Plural nicht. Es gibt nur eine Pubertät pro Person, PpP. Aber was ist mit Leo, hat sie mehrere Pubertäten, wenn sie mehrere Gesichter hat?

Ich lösche den Verlauf auf dem Rechner und schalte ihn aus. PpP, Pubertät pro Person. Sollte ich später Wissenschaftler:in werden, wird mein erstes Buch so heißen. Aber ich werde nicht Wissenschaftler:in, ich mache keine Pläne. Ich weiß nicht schon, was ich werden will oder werden soll, ich arbeite auf keinen bestimmten Lebenslauf hin, ich verweigere das, was alle tun, ich mache das nicht mit Zukunft und so.

›Um dich muss man sich keine Sorgen machen‹, ›koste das Leben aus, mit allen Sinnen‹, ja ja. Wie viel Nichts hält eine normale Pubertät aus? Was machen die Hormone mit nichts? Wo nichts ist, können keine Haare wachsen. Nichts ist mehr als PpP.

Ich kritzle Gleichungen auf einen Supermarktprospekt:

PpP dividiert durch Nichts ist gleich X.

X Pubertäten dividiert durch 1 Person ist gleich X Pubertäten mal X Personen dividiert durch vergessene Sachen ist gleich Fragezeichen.

Das führt zu nichts.

Für Nichts schreibe ich ein N in einer Null, streiche es aber wieder durch. Dann ein N auf einer Null, sieht aber aus wie No. Ein N, das durch einen waagerechten Strich angedeutet wird. Aber ausgeschrieben wirkt Nichts am meisten wie Nichts.

Ich probiere ›nix‹ aus, mit x, aber Nichts ist aussagekräftiger, stärker, einfach Nichts. In Großbuchstaben ist es noch mehr NICHTS.

In Leos Kopf ist nichts, wenn es darum geht, sich an Situationen zu erinnern. An manche Situationen. Das meiste weiß sie, das meiste, das war. Manches weiß sie nicht mehr. Welches Manches ist dieses Nichts? Ich gäbe viel dafür, jetzt eine brauchbare Gleichung zu haben, etwas wie: Erinnerungen minus x ist gleich Nichts. Für irgendetwas muss Mathe all die Jahre lang doch gut gewesen sein. Aber nix. Nichts.

Meine Liste hilft mir auch nicht weiter. Überhaupt: NICHTS = keine Liste. Ich lösche die NICHTS = Liste aus meinen Notizen. Und alle anderen Listen auch – adieu – und lege das Handy weg. Vorsichtshalber. Damit ich es mir nicht wieder anders überlege.

Wie macht ihr das, wenn euer Lieblingskleidungs-
stück in die Wäsche muss? Die gelbe Jacke braucht
zwei Tage zum Trocknen. Wenn es wenigstens
einen Waschsalon mit einem Trockner in der Nähe
der WG oder der Schule gäbe. Ich kann nicht
48 Stunden lang warten. Womöglich noch länger,
wenn der Wäscheständer belegt ist.
Hat jemand eine Idee?

Neunzehn

Alle sind da, außer Cliff, der bei einem Cousin, also genauer bei unserer Tante übernachtet. Ma, Pa, Kim, ich. Irgendetwas liegt in der Luft. Pa kocht Kaffee, Ma sitzt im Wohnzimmer, steht aber immer wieder auf, kein Mensch weiß, wieso. Kim tippt auf ihrem Handy herum. Ma zieht die Vorhänge zu. Später wird Pa die Vorhänge wieder zur Seite schieben. Die beiden machen das, seit ich denken kann: Vorhänge zu, Vorhänge auf. Sie streiten nie darüber. Sie tun es einfach: zu, auf, zu, auf, zu, auf.

»Wir sind hier nicht bei Romeo und Julia. Nadja kann nicht über den Balkon hereinkommen.«

»Schon gar nicht nachts.«

»Und auf keinen Fall durch Jecintas Fenster.«

»Kim, wir dulden das nicht.«

Ma redet für Pa mit. Und umgekehrt. Es klingt gleich, egal, ob sie etwas sagt oder er.

»Und – Vorschläge? Außer Verboten«, faucht Kim in Richtung Sofa, auf dem Ma und Pa inzwischen sitzen.

Kim sitzt nicht, sie steht an die Wohnzimmerfensterbank gelehnt. Ich setze mich etwas abseits im Essbereich auf einen Stuhl an den vollgeräumten Tisch. Wohn- und Esszimmer gehen ineinander über, verbunden vor allem mit einem strahlend blauen breiten Teppich, ›unser schönstes Stück‹, wie Pa zu jeder passenden und unpassenden Gelegenheit sagt. Für mich ist das Waxprint auf dem Tisch das schönste Stück im Wohn-Esszimmer.

»Es stört mich nicht, dass sie durch mein Fenster hereinkommt«, sage ich.

»Wir möchten es aber nicht. Punkt.«

Diesmal spricht Pa.

»Was wollt ihr denn?«, frage ich.

»Genau«, setzt Kim nach, »was wollt ihr denn?«

»Ich dachte, ich sagte deutlich, was wir möchten.« Pa.

Kim entgegnet: »Ich glaube, ihr sagtet, was ihr nicht möchtet.«

»Deine Besuche können die Wohnungstür verwenden.« Ma. »Wie alle anderen auch.« Pa.

Und dann wieder Ma: »Jecinta, wie wäre es, wenn du Kim und uns das allein besprechen lassen würdest.«

»Ihr seid nicht allein, ihr seid zu zweit«, antworte ich prompt, obwohl sie Jecinta zu mir sagt.

»So kommt uns niemand mehr ins Haus!« Ma oder Pa oder beide.

Kim grinst: »Und falls Romeo vorbeischaut?«

»Schluss. Mit Balkon und Fenster.«

Kims Grinser ist weg. »Ist das euer letztes Wort?«

»Ja.« Ma.

»Nein.« Pa.

Oder umgekehrt.

»Was jetzt?«

»Ja. Das ist unser letztes Wort.«

»Das ist unser letztes Wort. Ja.«

»Aber raus darf ich über diesen Weg?«, fragt Kim.

»Du kannst kommen und gehen, wann du willst.«

Kim lässt nicht locker: »Kann ich auch kommen und gehen, wie ich will?«

»Sei nicht albern.«

»Am besten gehe ich ganz.«

»Übrigens bitte Jay, nicht Jecinta«, sage ich mit großer Verspätung.

Ma verdreht die Augen: »Fang du nicht auch noch an. Als nächster kommt Clifford und –«

Ich unterbreche meine Mutter: »Hier ist nicht der sechste Stock. Nur Hochparterre. Und wenn Kim geht, gehe ich auch. Und wisst ihr eigentlich, wer spricht, wenn eine:r von euch spricht? Das klingt alles gleich.«

Ich habe mir diese Sätze nicht ausgedacht, sie sind mir aus dem Mund gefallen.

»Werd' nicht unverschämt!«, fährt Ma mich an.

Pa versucht zu beruhigen: »Wir werden einen Kompromiss mit Kim finden.«

Kompromiss mit Kim. Als wenn Kim Kompromisse eingehen würde. Das heißt, Kim hat sich durchgesetzt. Ich bin zufrieden. Pa schiebt die Vorhänge zur Seite.

Später in meinem Zimmer setze ich die Kopfhörer auf, drehe auf, so laut es geht: »If my sister is in trouble I will always help her out ...« Viermal hintereinander. Ein uraltes Lied, aber das muss jetzt sein. Beim fünften Mal ziehe ich die Kopfhörer raus und stelle auf Lautsprecher um. Damit Kim nebenan mithört: »If my sister is in trouble ...«

Jetzt erst sehe ich, dass ich Leos Anruf verpasst habe. Sonst überhöre ich nie das Handy, wenn es auf laut gestellt ist. Seit wann ruft sie mich an? Was könnte sie gewollt haben?

Gerade jetzt haben Ma und Pa sich wichtig gemacht. Wenn Leo das erste Mal anruft. Sie wird nie wieder anrufen. Vielleicht wollte sie nur die Telefonnummer von wem anders wissen. Und hat die inzwischen längst bekommen. Ich höre die Mailbox ab: Hallo Jay, hier ist Prinz Robert. Ich versuchs später wieder, tschüss.

Das ist alles. Ich schaue die Nummer, die ich auswendig weiß, trotzdem noch einmal in den Kontakten nach. Leos Nummer. Wer ist Robert? Wieso sagt er nicht mehr als ›Hallo Jay, hier ist Prinz Robert. Ich versuchs später wieder, tschüss‹? Wieso kennt er meinen Namen? Wieso klingt er wie Leo? Aber älter. Und tiefer. Wieso hat Leo ihm ihr Telefon gegeben? Ich überlege fieberhaft, ob ich einen Robert kenne. Kenne keinen.

Ich möchte zurückrufen und drücke nicht auf grün. Nicht und nicht und nicht.

Dann gehe ich zurück ins Wohnzimmer. Dort sitzen Kim und Cliff und essen Samosas.

»Hört mal kurz die Nachricht an«, bitte ich ins Wohnzimmer hinein und spiele ihnen die Nachricht mit Lautsprecher vor. »Findet ihr, dass das wie ein Scherzanruf klingt?«

»Ja«, sagt Cliff, »Prinz Robert heißt ja niemand.«

Kim schüttelt den Kopf. Ich erwarte ihren Standardsatz, aber sie fragt nur, wer das ist. Ich ziehe beide Schultern hoch. Dann setze ich mich aufs Sofa. Meinen Geschwistern beim Essen zuschauen. Einfach nicht allein sein jetzt. Allein mit Prinz Robert. Allein mit Robert und Leo. Oder wem. Fragezeichen.

Meine Wohngemeinschaft heißt offiziell
sozialtherapeutische WG, also betreut,
Fremdunterbringung. Ich wette, ihr
habt dieses Wort noch nie gehört.
Sieben andere Kinder und Jugendliche
wohnen dort, ich bin die zweitälteste
Person. Nur, damit ihr Bescheid wisst.

*Ich suche meine Zeichnung. Hat jemand
eine Zeichnung mit zwei Figuren in
gelben Jacken gesehen?*

Was für eine Zeichnung? Wer bist du?

Zwanzig

Ich bereue, die beiden Müllsäcke zu Hause in den Mistkübel im Hof geworfen und nicht mit hierhergebracht zu haben. Leos WG-Zimmer ist voll mit Zeug, irgendwelchem Zeug. Ihr Zimmer gäbe meinem Glücksstein, der Delfinbettwäsche, den Schwimmbrillen, der Mini-Schatztruhe einen neuen Sinn. So schnell, wie der Gedanke gekommen ist, verscheuche ich ihn wieder. Neuer Sinn ist sinnlos, Leos Zimmer ist viel zu voll, ich weiß nicht, wohin mit mir, ich bin zu Besuch, das scheint es nicht oft zu geben in dieser WG, so beflissen und eifrig wie die Betreuer:innen sich um mich bemühen.

»Hast du Hunger?«, fragt mich einer durch die offene Tür.

Leo schmunzelt. Ich kann mich nicht erinnern, sie schon einmal schmunzeln gesehen zu haben.

Am Tisch im geräumigen Wohn-Esszimmer stellt der Betreuer mich den anderen vor: »Das ist Jay.«

Die anderen sagen »Hallo« oder nichts.

Ich sage »Hallo« und dann nichts.

»Machst du auch nie Ärger, Wrangler? Ich meine, zu Hause oder irgendwo. In der Schule weiß ich, dass du immer nett bist. Jedenfalls nicht laut oder fies oder sowas.«

Noch niemand hat mich so etwas gefragt, nicht mal Kim. Wir sind wieder in Leos Zimmer.

»Ich mache auch nie Ärger«, setzt sie fort, »wir zwei sind die Braven.«

»Ganz schön unlocker«, seufze ich, »ich dachte, um vom Jugendamt in einer WG untergebracht zu werden, muss jemand extremen Ärger gemacht haben.«

Sie schüttelt den Kopf. »Meistens haben andere Ärger gemacht, krasse Sachen, dann kann man nicht dort bleiben, wo man gelebt hat. Oder will nicht.«

»Echt?«

»Echt. Aber«, erklärt sie, »die meisten machen selbst auch Ärger in der WG. Aus Frust. Oder Bösartigkeit. Oder Langeweile. Oder so. Also motzen sie die Betreuer:innen an oder nutzen Jüngere aus oder werfen mit Essen herum oder schreien los, wenn jemand sie falsch anguckt. Ich bin immer freundlich.«

»Aber«, ich kratze all meinen Mut zusammen, »du bist manchmal unangemeldet einfach weg. Oder antwortest nicht mehr.«

Sie lacht ungläubig. »Wo sollte ich denn sein?«

»Keine Ahnung, jedenfalls beamst du dich weg.«

»Cool?«

»Würde ich nicht sagen, klingt nur cool.«

»Und du, was machst du Unbraves?«, fragt sie.

»Es macht meine Eltern fertig, dass ich Jay bin und mich über nichts sonst definiere, keine Kategorie. Wenn du weißt, was ich meine.«

»Lässig.«

»Findest du?«

»Ja.«

»Niemand außer dir findet das lässig«, murmle ich.

Wir stellen fest, dass es sich gegebenenfalls um Freund:innenschaft handelt, wenn man Sachen gut findet, die niemand sonst positiv sieht, und wenn man einander Dinge sagt, die man anderen nicht erzählt.

Wir geben uns als Duo den Namen ›The Cool Brave‹, die coolen Braven. Dass ›brave‹ eigentlich tapfer und mutig heißt, trifft sich gut. TCB, schlage ich vor, The Cool Brave.

»Nein, keine Abkürzungen«, wimmert Mini-Leo, »keine Anfangsbuchstaben!«

Ich verstehe die Welt nicht mehr, sage aber: »Verstehe, keine Abkürzungen, also: ›The Cool Brave‹.«

Leo gibt mir High five. Oder ist es Mini-Leo oder Checker-Leo?

Wir gehen ins Wohnzimmer und entwerfen auf dem WG-Rechner ein Logo, The Cool Brave, durchkreuzt von Blitzen, alles in Gelb, nur die Blitze sind schwarz. Soweit mein Vorschlag. Am Ende sieht das Logo aus wie meine alte Delfinbettwäsche, nur sind es keine Delfine, sondern zwei Wesen mit Schwimmbrillen. Leo will keine Blitze, »tun den Augen nicht gut«. Ich weiß, dass das nur ein vorgeschobener Grund ist. Ich weiß nicht, wieso ich das weiß. Ich weiß es einfach.

Egal.

Später, zurück in ihrem Zimmer, frage ich, wie es ist, in einer WG zu wohnen. Leo zuckt mit den Schultern.

»Eigentlich ist eine Familie auch eine Art Wohngemeinschaft«, sage ich.

Wir malen uns alle möglichen Glasschilder an Hauswänden aus, auf denen steht, wer dort wohnt. Große Familie, Kleine Familie, Keine Familie, Binationale Familie, Regenbogenfamilie, Bio-Familie, Paar, Freund:innen, Betreute WG, Unbetreute WG und so weiter.

Wer zu Hause bei Leo Ärger gemacht habe, solchen Ärger, dass sie in eine WG ziehen musste oder ziehen wollte, frage ich und überrasche mich selbst mit meinem Mut.

»Meine Großeltern, mein Vater, meine Tante und ihr Mann.«

»Und wo ist deine Mutter?«

»Sie lebt nicht mehr bei uns.«

»Oh«, sage ich.

»Sie war nicht in Ordnung. Sie war nicht in Ordnung«, wiederholt Leo.

»Oh«, sage ich nochmal.

Dann erzählt Leo von ihrer Familie wie von einer ganz normalen Familie. Als würde die Mutter noch mit ihnen leben. Als wäre alles in Ordnung. Ich traue mich nicht, noch einmal zu fragen, wieso Leo in der WG lebt, wenn zu Hause alles bestens ist. Stattdessen erzähle ich ihr von meinen Eltern. Und was Ma mir erzählt hat über sie beide … ›es knirscht‹ … ›viel Streit‹ … Und dann frage ich: »Heißt einer deiner Mitbewohner Robert? Oder Prinz Robert mit Spitznamen?«

»Nein.« Kurz scheint sie noch nachzudenken.

»Egal«, sage ich.

»Wer ist Prinz Robert?«, fragt sie.

»Er hat dein Telefon benutzt.«

Sie lacht.

Vorsichtig sage ich: »Bitte richte Robert aus, dass ich morgen beim Hintereingang vom Altersheim auf ihn warte, da, wo der Parkplatz für die Leute ist, die dort arbeiten. Um 16 Uhr.«

»Okay.« Sie nickt mir zu. Dann sagt sie noch: »Falls ich Prinz Robert bis morgen um 16 Uhr noch kennenlernen sollte.« Sie amüsiert sich wie über einen richtig guten Witz. Dann fragt sie, was heute für ein Tag ist. Ich sage Datum und Uhrzeit auf, wie eine Computerstimme. Leo klatscht und sagt, ebenfalls mit künstlicher Stimme und Intonation: »W. a.n.n i. m.m. e.r S. i.e e. t.w. a.s b. r.a. u.c. h.e.n, b. i.n i. c.h s. e.l. b.s. t.v. e.r. s.t. ä.n. d.l. i.c.h f. ü.r S. i.e d. a.«

Und ich: »Bitte warten … bitte warten …«

Leos normale Stimme unterbricht unseren Hotline-Dialog: »Echt jetzt, ich bin da, wenn du was brauchst, Wrangler. Niemand sonst nennt dich so, nur ich, oder? Ist das okay, Jay?«

Okay Jay okay Jay klingt gefühlte fünfzig Mal in meinen Ohren nach. Sie sind ganz heiß, die Ohren.

Das war klar. Habt ihr euch vermutlich längst gedacht, dass dieser Prinz nicht kommt. Na und? Aber Wrangler ist gekommen. So als wären wir verabredet. Das ist mir sowieso lieber.

Einundzwanzig

Leo und ich haben beide je einen Kopfhörer im Ohr, ich drehe die Lautstärke auf das Maximum, sie beschwert sich nicht, sondern wippt mit den Füßen mit. So liegen wir, Kopf an Kopf auf Leos Jacke, auf einer Bank im Park vor dem Altersheim.

In den Pausen schwärmt die halbe Schule in diesen Park aus. Aber jetzt ist keine Pause. Jetzt ist Nachmittag, ungefähr fünf Uhr. Und Ohren betäubend laut die Musik, die Leo sich gewünscht hat. Es ist kalt, aber die Sonne tut ihr Bestes, um den Frühling anzukündigen.

Ich stelle mir vor, dass Kim und Nadja jetzt durch den Park gehen und uns beide auf der Bank liegen sehen. Kim würde denken, gut so, kleines Geschwist, bist gar nicht mehr klein, sie würde Nadja in die Seite stupsen, Nadja würde mich erkennen, kurz winken, ich würde im Takt mit einigen Fingern der linken Hand winken und Leo anschubsen, die würde träge die Augen öffnen, Nadja und Kim sehen, ihnen ebenfalls winken und wieder in die Musik abtauchen.

»Da ist Jecinta!«, ruft Victoria. »Und wer ist die nochmal, mit meterdick LOVE auf den Busen statt der pipigelben Jacke?«

Ich weiß nicht, wieso, aber Victoria höre ich immer, egal, wie laut Musik in meine Ohren dröhnt. Remi macht ein Foto von Leo und mir. Ich tu so, als sähe ich das nicht, und tanze im Liegen. Chan will das Foto sehen.

»Wer ist die?«, will Victoria immer noch wissen, als ob sie es nicht wüsste. Typisch Victoria, taktlos bis zum Gehtnichtmehr. Sie sieht unzufrieden aus, unwichtig, zweite Reihe. »Kommt, wir gehen, hier ist nix los«, sagt sie zu Remi und Chan, die aber keine Anstalten machen zu gehen. Stattdessen kitzelt mich Chan mit einem Grashalm im Gesicht. Als ich mich wegdrehe, reißt es Leo den zweiten Kopfhörer aus dem Ohr.

»Aua!« Sie springt auf, kampfbereit, sieht aus wie eine Kung-Fu-Meisterin, schwarzer Gürtel. Cool brave irgendwie. Also brave, nicht brav.

»Hallo ihr«, murmle ich, »was gibt's?«

»Ein Foto von euch«, sagt Chan.

»Zineb hat Remi geküsst«, sagt Victoria schnell.

»Quatsch!«, faucht Zineb.

Remis Gesichtsfarbe wechselt in ein leuchtendes Rot.

»Löschen?«, fragt Victoria, nimmt ihm sein Telefon aus der Hand und hält mir das Foto vor die Nase. Um im nächsten Moment das Handy absichtlich fallen zu lassen. Leo fängt es vor Victoria auf und löscht das Foto.

»Hey hey hey«, motzt Victoria. Leo gibt ihr das Handy zurück.

»Na dann.« Victoria dreht sich um und legt Remi einen Arm um die Schulter: »Nicht rot werden, Remi, niemand küsst dich, keine Angst.« Alle schauen auf ihn.

»Ein Foto, bitte, ja, gut so.« Chan macht ein, zwei, drei, vier Fotos.

»Genug!« Victoria wirft ihre Tasche ins Gras.

»Rutsch ein Stück.« Chan setzt sich neben mich, stopft sich den Kopfhörer ins Ohr. Zineb quetscht sich dazwischen. Ich rucke für Remi ein Stück zur Seite und kämpfe nun selbst gegen das rot werden. Wie soll das weitergehen?

Victoria lässt sich auf meinen Schoß fallen und fragt: »Wie heißt sie?«

»Love, das siehst du doch«, antwortet Checker-Leo und wechselt Stand- und Spielbein.

»Ja, sicher, Love.« Victoria kneift mich ins Bein.

Chan spielt uns einen Rap vor, und zwar von ihrer neuen Heldin WRONGGGRRR*, Bloggerin zu allen Ungerechtigkeiten dieser Welt. Über die Musik drüber ruft sie: »Wisst ihr, dass ich eigentlich nicht Chan heiße, sondern Chantal. Aber Çatal ist besser, wie in deiner Hundegeschichte. Mein neues Profil ist Çatal.« Sie stoppt den Rap und zeigt uns ihr Profil.

»Das wird immer besser«, amüsiert sich Victoria, »Gabel, Jay und Love. Love, entspann dich. Nicht? Verkrampfte Liebe.«

»Oder Gabelchen.« Chan sucht etwas auf ihrem Telefon.

»Gabelchen Gabelchen Gabelchen«, skandiert Remi.

Ich stehe auf, ziehe mein Handy aus der Tasche, »Oh, ich muss gehen. Meine Schwester hat Ärger mit unseren Eltern, ziemlich heikel alles, jedenfalls braucht sie mich jetzt.«

»Schwestern machen nur Ärger, ich kenne das«, sagt Remi. »Am besten keine Familie haben später. Und kein Auto«, setzt er nach.

»Und keine Eigentumswohnung und keine Daueraufträge«, ergänzt Chan.

»Genau, und ja keinen Pauschalurlaub.« Remi grinst.

»Schon gar nicht zu Weihnachten«, grinst auch Chan, »und kein Osterfrühstück.«

»Ihr seid alle komplett daneben.« Victoria schüttelt den Kopf.

»Was wollt ihr stattdessen haben?«, fragt Zineb.

»Was auf Leos Pulli steht.« Chan schaut triumphierend in die Runde.

Remi applaudiert.

»Hoffnungslos romantisch«, seufzt Zineb.

»Wer ist Leo?«, fragt Victoria auf unschuldig.

Am liebsten würde ich Chan und Remi umarmen. Dafür, dass sie sind, wie sie sind.

»Ich muss auch gehen«, sagt Leo in die plötzliche Stille hinein, »mir schwirrt schon der Kopf.«

»Das ist auch besser so, Love, Leo oder wie auch immer, Jay, ich meine Jecinta braucht sicher Hilfe für ihre Schwester, oh heikel«, raunt Victoria halblaut und schubst Leo leicht an.

»Weißt du, dass ein Bahnhof nach dir heißt, Victoria Station in London«, sagt Mini-Leo hastig, verschluckt sich vor lauter Aufregung und verschwindet sogleich wieder. Niemand hat Mini gesehen, wie es scheint. Nur ich. Extrem kurz. Leo sammelt ihre Kopfhörer ein und geht.

Es ist, als fielen die anderen in sich zusammen zu stinknormalen Jugendlichen auf einer Parkbank. Ich bin wie angewurzelt, komme nicht weg. Stehe herum.

»Cheeeeeese«, schlägt Remi hinter seinem Handy vor.

Aber alle winken nur ab.

»Bitte keine Fotos mehr.«

»Jay, seit wann bist du mit der Neuen unterwegs?«, fragt Victoria.

Ich übergehe diese Frage und frage stattdessen: »hund sechs oder hund sieben?« Bevor jemand antworten kann, antworte ich selber: »hund sechs: ein kleiner hund wusste nicht mehr weiter. er war trotzdem heiter. er war gar kein er, sondern eine sie. das machte ihn noch heiterer. und wie.«

»Jetzt ist alles zu spät«, konstatiert Victoria.

»Sieben please«, bittet Zineb.

Ich suche die Audioaufnahme in meinem Telefon und spiele sie ab:

hund sieben: es war einmal ein kleiner schwarzer hund mit einem knallroten mäntelchen. er liebte sein mäntelchen und wollte es auch im heißesten sommer nicht ausziehen. also schwitzte er am ganzen körper, obwohl hunde sonst nur mit der nase schwitzen. an einem besonders schwülen tag war das gesamte mäntelchen klatschnass. der hund erkältete sich und litt wochenlang an einer schweren lungenentzündung. dieses scheiß mäntelchen war an allem schuld

Victoria wiederholt ihre Frage von vorher: »Jecinta, wieso interessiert dich eine, die LOVE auf dem Pullover stehen hat?«

»Nenn mich nicht Jecinta und sie nicht Love«, sage ich. Es klingt unerwartet scharf.

»Steht aber groß auf ihrem Pulli.«

»Na und. Es sagt auch niemand Bahnhof zu dir.«

»Zu welcher Gruppe gehörst du jetzt eigentlich? Girls, boys, queer, divers, kein Eintrag?«, ruft Victoria mir nach, aber ich reagiere nicht.

Anstatt nach Hause zu gehen, steuere ich, sobald die anderen mich nicht mehr sehen können, quer durch den Park zum Spielplatz. Ich weiß nicht, wieso genau, ich weiß nur, dass Leo dort ist.

Sie muss mich gesehen haben. Niemand sonst ist auf dem Spielplatz. Aber es ist, als sei ich gar nicht da. Und, als sei auch sie nicht wirklich da oder als höre sie in sich selbst hinein. Sie sitzt. Sie steht auf. Sie setzt sich wieder. Und wieder von vorn. Alles mit viel Zeit dazwischen.

Ich komme immer näher. Sie sieht mich und sieht mich gleichzeitig nicht, sie schaut durch mich hindurch. Schließlich sitze ich neben ihr auf der Bank, von der sie noch ein paar Mal aufsteht und sich wieder hinsetzt. Dann hält sie ihren Kopf in den Händen. Als sie wieder aufschaut, sieht sie mich an, richtig an. Endlich.

»Hi Wrangler.«

»Hi.«

»Was machst du hier?«, fragt sie mich.

»Ich warte.«

»Auf wen?«

»Auf dich.«

»Aber ich bin hier. Du musst nicht warten.«

»Auf wen hast du gehört?«, frage ich.

Leo schaut mich lange an.

Ich versuche es noch einmal: »Es sah so aus, als würdest du jemandem zuhören. Aber weil kein Mensch außer uns hier ist, dachte ich, du hörst vielleicht auf eine innere Stimme oder so.«

»Ja.«

Pause.

»Wie, ja?«

»Machst du das nicht?«, fragt sie.

»Was?«

Kennen Sie das, würde ich Jelena Menger jetzt gerne fragen, kennen Sie das, wenn Sie nicht mehr wissen, wer mit Fragen angefangen hat? Jelena Menger würde sagen: Nicht mehr fragen, Jay, sondern selber etwas sagen.

Also erkläre ich: »Nein, ich höre auf keine innere Stimme.«

»Manchmal ist es sehr laut«, sagt Leo, »weil so viele durcheinander reden. Tu nicht so, Wrangler, sicher ist es bei dir im Kopf auch oft laut.«

»Wer redet durcheinander?«, frage ich.

»Wenn du noch eine Frage stellst, schlafe ich auf der Stelle ein. Das hier ist kein Bewerbungsgespräch«, motzt Leo.

»Soll das eine Drohung sein?«, frage ich und kneife im selben Augenblick die Lippen zusammen. Dann formuliere ich schnell um: »Das klingt wie eine Drohung.«

»Aber es passiert dir doch nichts, wenn ich einschlafe«, sagt Leo.

Ich bin fieberhaft damit beschäftigt, Ruhe zu bewahren.

»Echt«, sagt Leo, »ich kann mir nicht vorstellen, dass es still ist in dir. Oder bei Victoria oder Remi oder Chan oder Zineb. Bei niemandem im Kopf ist es still.«

»Erzähl mir. Was die Leute sagen. Die du hörst. Oder so.« Ich kriege die Satzteile nicht verbunden. Sie stehen einzeln herum zwischen Leo und mir.

»Ist voll peinlich«, sagt sie.

»Ich war vorhin auch voll peinlich«, sage ich.

»Stimmt.«

Da ist wieder so ein Stich.

Das wäre eine Frage an Kim: Kennst du das, wenn du etwas sagst, das ganz neutral wirkt, aber eigentlich willst du nur, dass jemand sagt, das sei gar nicht wahr?

»Okay.« Leo schaut sich um und rückt dann nahe an mich heran. Mich überfordert jetzt schon alles, dabei weiß ich gar nicht, was kommt. Ich stehe auf. Setze mich wieder. Warte. Einfach weggehen will ich nicht. Ich tue: nichts.

Leo wirkt sehr konzentriert und wählt ihre Worte mit Bedacht: »Stell dir vor, eine Stimme in dir sagt: Ganz ruhig bleiben, Wrangler, es wird großartig werden. Also: Die Liebe kommt herein und du sagst: Grüß dich, du kennst mich.«

Leo macht einige lässig wirkende Bewegungen, fährt sich durch die Haare, stützt eine Hand in die Hüfte, übt einen tiefen Blick und sieht plötzlich aus wie mindestens achtzehn Jahre.

»Wie schau ich aus, wo soll ich stehen, wird die Liebe mich sehen, und wenn nicht, quiekt eine andere Stimme in dir«, sagt Leo. Ihre lässige

Haltung fällt in sich zusammen. Sie legt beide Hände links und rechts an den Kopf. »Pscht pscht macht jemand«, sagt sie.

Ich schaffe es nicht, dem Dialog zu folgen, ich weiß nicht, wer spricht. Es ist wie eine Simultanübersetzung. Oder ein Untertitel. Wie in einem Film.

Sie sagt: »Ich dachte, alle Jugendlichen führen solche inneren Gespräche.«

»Wir reden schon wieder über die Liebe«, sage ich und: »Wenn die Liebe hinfällt –«

Leo unterbricht: »Es heißt: WO die Liebe hinfällt!« Übergangslos erklärt sie mir: »Also wenn ich keinen Korken hätte für meine Flaschenpost, würde ich eine Milchflasche nehmen und extra fest zudrehen.«

»Und das wäre wasserdicht?« Kinderkacke würde Kim zu dieser meiner Frage sagen. Ich antworte schnell selbst, mehr murmelnd als selbstbewusst: »Milch läuft ja auch nicht aus.«

Leos Laune wird besser, sie lacht laut und sagt: »Schwimmt aber auch nicht im Meer herum. Außerdem sieht das unmöglich aus, eine Liebesbotschaft in einer Milchflasche, das liest niemand. Wem bitte willst du so eine Milchflaschenpost schicken?«

Ich versuche mitzuhalten: »Erst muss die Technik klar sein, dann der Inhalt. Der schönste Brief nützt nichts, wenn er nass und unleserlich ist.«

»Oder nach saurer Milch riecht.« Leo kringelt sich vor Lachen.

Ich beiße mir aus Versehen in den linken Zeigefinger, »Au!« Geschieht dir recht, du Weichei, denke ich mir und ich weiß nicht, wieso, aber das Gespräch über Liebe endet hier.

Also erzähle ich Leo von meinen Listen. »Machst du das auch«, frage ich, »solche Listen von Sachen, in denen du dich mit anderen vergleichst? Also zum Beispiel wer wie viele Pizzastücke auf einmal geschafft hat.«

Sie schüttelt den Kopf.

»Bei Anzahl warmer Tassen Kakao mit Gutenachtgeschichte war ich als Kind vorne«, sage ich, »und bei gelben Gummibärchen, kleinen lustigen Delfinen auf dem Kopfkissenbezug, Schlüsselanhängerpüppchen am Rucksack und Anzahl pro Schwimmen ins Becken gepinkelt.«

»Ich pinkel in kein Schwimmbad«, gibt Mini-Leo kühl zurück.

Dann ist es still. Nur Atmen ist zu hören. Ich weiß nicht, wessen Atem. Leos? Oder meiner?

»Das war glatt erfunden«, Mini-Leo zeigt auf mich, »Wrangler hat gar keine SMS von Kim bekommen.«

Jetzt sollte ich definitiv etwas sagen. Aber ich weiß nicht, was.

In Gedanken meine nächste Frage an Kim: Wie kann jemand gleichzeitig eine Person und zu mehrt sein?

»Verpiss dich«, zischt Leo mich an.

Ich schaue mich um, aber niemand steht hinter mir.

»Hau ab!«

Wenn es ginge, würde ich meine Beine in die Hand nehmen und nur weg von hier, aber ich kann mich nicht rühren. Leo sieht aus wie eine:r, die:der mir jeden Moment eine reinhaut. Breiter als Leo. Größer. Fies.

›Hey!‹ will ich rufen, aber ich bin still. Dann wendet sich diese:r veränderte Leo von mir ab. Stattdessen sieht Checker-Leo mich an. »Wehr dich, Jay, sag etwas.«

Ich weiß nicht, was ich sagen soll.

»Nicht streiten.« Mini-Leo.

»Leo?« Ich versuche es einfach. »Hey Leo, alles klar bei dir?«

Was für eine bescheuerte Frage.

»Nicht antworten!«, ruft Mini-Leo. »Und überhaupt: Der Pulli gehört Jay und nicht Wrangler!«

»Aber ich bin Jay.«

Übergangslos lässt Mini-Leo Finger der linken Hand über die Lippen streifen und stößt dazu Luft aus. Eine Art Blubbern entsteht. Mini setzt noch einen dumpfen Ton dahinter und strahlt mich an, während die Finger und der Mund weiter diese Geräusche machen. Beliebtes Spiel von Kleinstkindern. Ich kann nicht wegsehen.

Leo ist verschwunden. Wo ist sie? Wo ist der fiese Typ? Nicht mal Checker ist da.

Mini spielt verrückt, höchstens drei Jahre alt. Sitzt am Boden, auf der Fläche unter dem Klettergerüst, die mit Kork ausgelegt ist, die Beine scheinen wie Gummi zu sein. Niemals könnte ich die Beine so locker zum Schneidersitz umlegen, nie solch einen Winkel einschlagen.

Mini juchzt und fährt fort mit dem Spiel. Ich grinse unbeholfen und mache mit. Wir blubbern beide und machen ›Phhhh!‹ und lassen die Finger senkrecht über die Lippen streifen, ungefähr so muss sich Klavierspielen anfühlen.

Mini fordert »Mehr mehr, lauter«. Das ist nur Leos Körper, 15-jährig, fast 16, durchschnittlich groß für ihr Alter, aber im Körper drin ist Mini, ein kleines Kind.

Ich steige aus dem Spiel aus. Mini ist enttäuscht, sie bohrt einen kleinen Stein in den Kork.

Ich kann nicht mehr. Ich muss hier weg. »Tschüss«, sage ich.

Mini springt auf und greift nach meiner Hand, schiebt die kleine große Hand hinein. Ich halte meine Hand ganz still, schließe die Augen, versuche, zu erspüren, wie klein Minis Hand ist.

Das kann alles nicht sein. Eine große kleine Hand. Leo, die nicht Leo ist. Wie ist das möglich?

Mini geht schaukeln.

Ich schaue zu. Wie ein älteres Geschwist.

Irgendwann kommt Leo von der Schaukel zurück. »Wie spät ist es?«

Ich halte ihr mein Handy hin. »Wo ist Mini?«, will ich fragen. Aber ich frage nicht.

»Victoria sieht aus, wie von einer Werbefläche in der Bahnhofshalle gekratzt«, sagt Leo, und »Das ist doch lächerlich, wieso sind die uns alle nachgekommen? Was wollten die?«

Love, würde Kim kichern, Pubertät, schon mal gehört? Abenteuer, Sex, Leidenschaft. Jetzt gehts dann los.

»Keine Ahnung«, sage ich.

Im Bus nach Hause klicke ich mich durch alle möglichen Ordner, um mich abzulenken. Ich finde eine Liste, die nicht in den Notizen war, eine frei schwebende, vergessene Liste.

	Chan	Remi	Zineb	ich	Victoria
Pizzastücke auf einmal gegessen	?	11	7	5	4
Stofftiere	12	7	0	3	7
Pornofilme gesehen	?	?	?	1	?
Vollrausch	0	2	2	1 (?)	?
Herzen gebrochen	?	?	?	0	?
Sex	1	0	0	0	?
Schulterbreite	l	xl	s	xl	m

Ich stecke das Handy in die Jackentasche. Schaue aus dem Fenster. Mir fallen die Augen zu, ich döse zwischen Wachsein und Schlaf hin und her, weit zurückgelehnt in meinen Sitz, die Knie gegen den Vordersitz gepresst.

»Meine Eltern sind noch mehr ineinander verliebt, als man sich vorstellen kann.«

Wie von weit her höre ich denjenigen auf dem Sitz vor mir reden. Angeber, der da vorne, höchstens zehn Jahre alt der Stimme nach. Klingt ein bisschen wie Cliff, aber Cliff sagt nie mehr als nötig. Ich rutsche noch ein Stück tiefer in meinen Sitz, den Kopf abgeknickt, Knie in Cliffs Rücken, aber das ist nicht Cliff, klingt nur so, wie klingt mein kleiner Bruder, der so wenig sagt.

Von meinem eigenen Schnarchen wache ich auf. Schaue mich um. Ich bin im Bus, Fahrgäste, soweit das Auge reicht. Ich ziehe mich an der Lehne meines Vordersitzes hoch, setze mich aufrecht hin, noch zwei Stationen. Eine. Aussteigen. Vor mir treten zwei Kinder in den Busgang. Die beiden, denen ich vorher zugehört habe. Nicht älter als zehn. Das eine Kind ist Cliff. Er bemerkt mich nicht.

›Noch mehr ineinander verliebt, als man sich vorstellen kann.‹

Klingt wie Cliff. Dachte ich. War Cliff. Ist Cliff. Wird mir in dem Moment klar. Darf das wahr sein? Angeber. Lügner. Von wegen er redet kaum. Laut plappernd geht mein kleiner Bruder mit dem anderen Kind vor mir her. Ich schäme mich für Cliff. Dazu noch die alberne Augenklappe, die ich erst jetzt erkenne, weil er sie um den Hals hängen hat, der ›Pürat‹.

Ich halte Abstand. Treffe kurz nach ihm zu Hause ein.

»Wie war es in der Schule? Was gibt es Neues?«

Sicher hat Ma soeben Cliff diese beiden Fragen gestellt. Sicher hat er nur irgendetwas gemurmelt. Ich will Ma antworten: ›Dein kleiner Sohn gibt mit der unglaublichen Verliebtheit seiner Eltern an. Dein kleiner Sohn redet sehr wohl. Nur zu Hause nicht. Ihr habt keine Ahnung von ihm. Er ist ein Lügner. Wie ihr.‹ Stattdessen sage ich: »Nichts Neues.«

Ma schaut mitgenommen aus. Sicher vom Knirschen mit Pa oder vom x-ten Streit mit Kim. Seit der Auseinandersetzung um Nadja knallen die Türen. Ma versucht ein Schön-dass-es-gut-in-der-Schule-war-Lächeln. Ich könnte würgen bei so viel Beflissenheit.

Gut. Gut! Guuuuuuuuuuuuuut! Es war so gut in der Schule. Was für ein Schulgut. So eine gute Schule. Wir sind alle in der Schule gut. Schule tut Cliff nicht gut …

Bevor Ma noch weiter fragt, schließe ich die Tür meines Zimmers hinter mir. Wer hereinkommt, kriegt eins aufs Maul. Ich mache ein Foto von mir. Ausnahmsweise. Nur eins. Nicht zu übersehen, dass ich schlecht gelaunt bin. Schicke es per Mail an Remi: ich jetzt. und du?

Es dauert nicht lang, bis er ein Foto zurück mailt: Remi mit einer Nutellasemmel.

Später fasse ich mir ein Herz. Klopfe an Kims Tür. Noch einmal.

»Ja?« kommt nicht gerade einladend zurück. Ich öffne die Tür. Kim steht vor ihrem Kleiderregal, dreht sich nicht um.

»Was ist, Jay?«

»Ich bin komplett durcheinander.«

»Oh, du bist verliebt.«

Ich schüttle den Kopf.

»Jetzt gehts dann los. Das passt einfach nicht zusammen, total verschiedene Blaus. Bläue. Blues. Oder findest du, dass das gut zusammen geht, die Hose und diese Weste? Sorry Jay, aber ich habe gerade ganz andere Sorgen. Wolltest du wissen, ob ich schon mal verliebt war?«

»Ist schon gut.« Ich schließe die Tür wieder. »Ich finde, es passt nicht gut zusammen«, rufe ich durch die geschlossene Tür, »lieber die schwarze Hose!«

Keine weitere Reaktion von drinnen. Ich halte mein Ohr an die Tür, höre aber nichts. Lege mich aufs Hochbett, knipse das Licht an und aus und an und aus und so weiter. Bis Kim unter mir hindurch Richtung Küche hastet.

Ich bleibe liegen. Drehe mich auf die Seite, schaue in meinem Zimmer herum. Mein Blick bleibt auf einem Post-it-Zettel hängen, der auf der Hochbettleiter, dritte Stufe, klebt. Ich lehne mich über den Hochbettrand und nehme den Zettel, auf dem geliebt ✔ steht. Kim muss das Post-it gerade eben dort hingeklebt haben. Ein abgehaktes ›geliebt‹.

Es wird laut: Ma. Dann Kim. Die Wohnungstür knallt zu. Jetzt erst fällt mir auf, dass die Papierbahnen weg sind. Erst verlegen sie sie in meinem Zimmer, obwohl ich nicht ausmalen will. Dann sammeln sie sie wieder ein, obwohl ich sie behalten will. Wieso teilt hier nie wer irgendwem was mit? Ich lasse mich zurück aufs Kopfkissen fallen.

Mein ganzer Kopf ist voller Fragen. Wo sind Mini und Checker und die, die es sonst noch gibt? Wo gehen sie hin? Weiß Leo, wo sie sind? Wieso dürfen sie jederzeit kommen und gehen und wieso fühlen sich manche von mir bedroht?

Und wieso fühlt es sich jedes Mal so an, als wären die anderen auch mit mir befreundet? Wie Leo. Sind Leo und ich überhaupt befreundet? Wie nennt Leo uns?

Manchmal will ich nur mein NICHTS-Sein zurückhaben und allein sein. Oder kann ein NICHTS nicht allein sein, weil es nichts ist? Allein kann man doch nur sein, wenn keine anderen um eine:n herum sind. Was aber kann um ein NICHTS herum sein? Werden dann alle nichts? Und niemand ist allein?

Ich höre den Nachbarhund jaulen. Und bellen. Er wohnt im Stockwerk über uns. Immer um diese Zeit am frühen Abend jault und bellt er. Ich weiß nicht, warum. Er tut das, wenn seine Leute weg sind. Aber er tut es auch, wenn seine Leute da sind. Alle im Haus kennen ihn.

hund acht: es war einmal ein hund. der hieß prince robert. er lebte in australien. manchmal rief er andere hunde an und bellte, winselte und schnaubte ihnen auf die mailbox, was er erlebt hatte. noch nie hatte einer der anderen hunde abgehoben. prince robert wusste nicht, ob es daran lag, dass hunde in der regel nicht telefonieren oder ob sie speziell seine nummer automatisch auf die box laufen ließen.

»Du bist Jecinta, du bist du und du bist großartig«, hat Ma früher immer zu mir gesagt, wenn ich sie gefragt habe, wer ich eigentlich bin. Seit ich Jay bin, hat sie das nicht mehr zu mir gesagt. Vielleicht bin ich auch einfach schon zu alt für solche Sätze. Oder sie sagt sie nicht mehr, weil sie auch nicht mehr sicher ist, wer ich bin. Aber aktuell bin ich eigentlich nicht verwirrt über Ma oder mich, sondern über Leo.

Kennt ihr das, dass ihr nicht wisst, ob ihr befreundet seid mit einer Person? Und ob diese wirklich die Person ist, die ihr dachtet zu kennen? Und ob das wirklich ihr seid, die mit der Person befreundet sind. Oder nur ein Teil von euch. Kennt ihr das? Kennt ihr das? Kennt ihr das? Es nervt total, dass niemand antwortet.

Zweiundzwanzig

Nach diesem Nachmittag auf dem Spielplatz brauchte ich so etwas wie eine Pause. Aber kaum war Leo-Pause, war mir langweilig. Ich habe trotzdem zwei ganze Tage und Nächte durchgehalten, ich habe nichts gemacht. Nur nichts. Es war Wochenende, da geht das, ohne, dass irgendwer etwas merkt. Nicht mal Kim, obwohl sie durch mein Zimmer durchmuss jedes Mal, wenn sie weggeht oder nach Hause kommt oder ins Bad oder in die Küche geht. NICHTS sieht vermutlich von Außen nicht anders aus als Langeweile und irgendein unbedeutender Samstag oder Sonntag.

Am Montag nach der Schule hat Leo gefragt, ob ich mit zu ihr gehe. Wir könnten Aufschriften auf T-Shirts und Pullovern googeln oder Bahnhöfe mit den besten Namen oder ›LOVE‹ und alles, was Victoria so provoziert. Oder einfach nur gamen.

Jetzt ist Montagnachmittag. Das Ende meiner Leo-Pause. Ich bin bei ihr in der WG, in ihrem Zimmer, sie gibt immer neue Suchbegriffe auf ihrem Telefon ein. Ich sehe ihr zu. Ab und zu hält sie mir ihr Display hin: Die Webseite eines Flaschenpostmuseums in einem Tourist:innenort am Meer. Die Öffnungszeiten der Fahrradwerkstatt. Posts aus unserer Klasse. Musikvideos. Berühmte Kussszenen auf einer Romantik-Seite. Wir ziehen uns mindestens dreißig Kussszenen rein. Vor lauter Küssen vergesse ich meine Verwirrung und meinen Frust vom letzten Mal. Ich wollte mit Leo darüber reden. Und jetzt liegt mir nichts ferner, als über das, was vor tausend Jahren auf dem Spielplatz war, zu reden.

»Hast du mit meiner Bezugsbetreuerin über mich gesprochen?« Leos Stimme ist plötzlich leiser.

»Nein, wieso sollte ich?«, antworte ich.

»Eben.«

»Eben.«

»Sie darf gar nicht mit dir über mich reden.«

»Sie hat es auch nicht getan. Wenn du nicht da bist und ich auf dich warte, fragt sie mich, wie es mir geht, nicht dir, und sie quatscht manchmal mit mir über die Schule oder das Wetter oder irgendwas«, sage ich.

»Aha.« Der Frost in Leos Stimme macht den Raum kalt.

»Traust du ihr nicht oder traust du mir nicht?«, frage ich ebenfalls kühl.

»Ich traue niemandem.«

»Hey, cool brave, was ist los mit dir?« Ich bemühe mich um Heiterkeit in der Stimme.

»Ich dachte nur«, lenkt Leo ein, »sie streiten viel, die Betreuer:innen, wer wann von uns am Wochenende nach Hause darf und wer nicht.«

»Das klingt nicht nach guter Betreuung.« Ich versuche, einen frotzelnden Ton hinzukriegen.

Aber Leo ist offensichtlich nicht nach Frotzeln. Sie will alleine sein, aber ist zu höflich, um das zu äußern.

»Meine Eltern streiten auch«, sage ich.

»Die Betreuer:innen sind nicht meine Eltern«, kommt sofort zurück.

»Soll ich gehen?«, frage ich.

»Nein, ich freu mich, dass du da bist.«

Ich spüre, dass das nicht stimmt, aber es ist mir egal.

Aus dem Nachmittag wird nichts mehr. Er rumpelt vor sich hin. Wir kriegen beide immer schlechtere Laune. Bis ich gehen muss.

»Endlich«, will Leo sagen, aber sagt es nicht.

»Endlich«, will ich sagen, aber sage es nicht.

Die kühlen Braven fühlen sich beide fürchterlich allein. So schauts aus.

In der Nacht kann ich nicht schlafen. Ich greife im Dunkeln mein Telefon und schreibe eine neue Hundegeschichte auf. Sie entsteht, während ich schreibe, ohne nachzudenken, einfach weiterschreiben …

hund neun:
unter allen jeansmarken und no name jeans erkannte die hündin jede wrangler. niemand konnte je herausfinden, ob es an einer bestimmten chemikalie in der wrangler-herstellung lag oder woran sonst die hündin die marke wrangler erkannte. sie wedelte mit dem schwanz und das tat sie bei keiner anderen marke und auch nicht bei den no names. sogar jeansflicken erkannte sie sofort, wenn sie von einer alten wrangler stammten.
später begann ihr fell sich zu verändern. zunächst fiel es niemandem wirklich auf, aber nach einiger zeit war es nicht mehr zu übersehen. das fell glich immer mehr dem denim einer ausgewaschenen wrangler jeans. die hündin wurde der besitzerin zu einem gigantischen preis von der firma wrangler abgekauft und verhalf als neues markentier wrangler zu einer nie mehr für möglich gehaltenen vormachtstellung auf dem weltweiten jeansmarkt. die hündin mit dem jeansfell und der untrügerischen nase war gern gesehener gast in entsprechenden showformaten und fernsehstudios. manchen leuten, die aus überzeugung und ausschließlich wrangler trugen, ging das zu weit.

Das Wortergänzungsprogramm will aus Wrangler immer Angler machen, aber niemand und auch kein smarter Chip darf sich in meine Hundegeschichten einmischen.

Noch immer liege ich im Bett, als Kim und Nadja aus Kims Zimmer kommen, zum Fenster schleichen und fast lautlos hinausklettern. Ich warte einen kurzen Moment, dann steige ich die Leiter hinunter, ziehe alles an, was von gestern noch verstreut im Zimmer herumliegt und einen zweiten Pullover darüber, weil ich keine Zeit versäumen will damit, meine Jacke aus dem Flur zu holen, und springe vom Balkon hinunter auf das kleine Rasenstück vor dem Haus. Es ist nicht ganz dunkel, weil der Mond an den Wolken vorbei scheint. Ich hätte gerne meine Jacke, es ist verdammt kalt.

Kim und Nadja gehen mit schnellen Schritten die Straße rechts entlang. Ich folge ihnen. Die beiden rennen fast. Wohin? Über eine halbe

Stunde laufe ich hinter Kim und Nadja her, quer durch das ganze Viertel, unter der Bundesstraße durch die Unterführung und auf der anderen Seite weiter. Kein einziges Mal drehen die beiden Großen sich um. Sie biegen in eine Sackgasse ein. Ich bleibe an der Ecke hinter mehreren Mülltonnen stehen.

In der Hosentasche fühle ich das Post-it und fische es heraus:

geliebt ✓

Aber wen? Wen liebt Kim? Oder: In wen war Kim verliebt?

Nichts tut sich im Haus, in dem Nadja und Kim verschwunden sind und verschwunden bleiben. Nicht einmal ein Licht geht irgendwo an. Niemand knutscht und küsst, niemand hat Sex, niemand wird geliebt oder liebt. Auch sonst keine Dramen. Oder alles im Dunkeln. Wozu bitte habe ich die Verfolgung aufgenommen? Großes Kino, ich sitze im Finstern und hinter schwach erleuchteten Fenstern läuft ein Liebesfilm mit Kim in der Hauptrolle, aber –

»Du bist noch nicht auf dem Weg in die Schule, nehme ich an? So ganz ohne Schultasche und zu dieser Zeit.«

Ich drehe mich um: ein Polizist. Er fragt weiter: »Wohnst du hier? Sprechen tust du nicht?«

Die Stimmt klingt müde.

»Ich bin, ich, ich war spazieren.«

»Spazieren. Um die Zeit, allein. Und die Mülltonnen waren dein Wanderziel?«

»Nicht direkt, nein, ich bin nur müde.«

»Ich auch«, lacht der Polizist, aber es ist kein Lachen.

Die Polizistenstimme fragt jetzt streng nach meinem Namen. Ein paar Meter weiter weg steht sein Wagen, in dem eine zweite Person sitzt und etwas schreibt. Das Deckenlicht im Auto brennt. Der Polizist sieht davor aus wie ein Scherenschnitt. In dem Moment wird die Haustür geöffnet, Kim kommt heraus, allein. Sie sieht mich, kommt eilig auf mich und den Polizisten zu: »Guten Morgen oder gute Nacht, gibt es irgendwelche Probleme?«

Ich sehe Kim an.

geliebt ✓

»Diese Person hier ist Ihnen bekannt?«

»Gibt es Probleme?«, fragt Kim noch einmal zurück. Dann fährt sie mich ohne Vorankündigung an: »Und du? Wie oft habe ich dir gesagt, dass Destiny« – dem Polizisten erklärt sie – »das ist, das war unser Hund« – und wieder zu mir – »nicht mehr lebendig wird. So viele Nächte du auch hier an der Stelle stehst und auf Destiny wartest.«

Zum Polizisten ergänzt sie, dass der Hund hier überfahren worden sei, in der Nacht vor exakt einer Woche. Seitdem stehe ihre Schwester jede Nacht auf und warte hier. Damit nimmt sie meine Hand und zieht mich hinter sich her.

Der Polizist steigt in den wartenden Streifenwagen und fährt davon.

Den ganzen Weg zurück nach Hause lässt Kim meine Hand nicht los. Wir reden kein Wort. Zu Hause schwingt Kim sich über das Balkongeländer, dann klettere ich hinüber.

»War das das erste Mal, dass du mir gefolgt bist? Dann war es auch das letzte Mal. Verstanden? Gute Nacht«, sagt Kim, ohne eine Antwort abzuwarten.

»Kim?«

»Was?!«

»Danke.«

Nach mehr als einer halben Stunde im Bett knipse ich meine Nachttischlampe wieder an, schiebe die Decke mit den Füßen zur Seite, hieve mich auf die Leiter, klettere hinunter, gehe auf Zehenspitzen durch mein Zimmer und klopfe an Kims Tür. Noch einmal.

»Hmmmmm?«

Das ist mehr als ich erwartet hatte, ich deute es als Ja. Ich öffne die Tür, das Licht aus meinem Zimmer fällt in Kims Zimmer. Sie liegt im Bett. Ich bleibe an der Tür stehen.

»Wenn du mir nicht sagst, was mit Nadja los ist, dann gebe ich Ma und Pa Bescheid, dass sie immer noch nachts durchs Fenster hereinkommt.«

Das ist das Letzte, was ich sagen wollte. Das ist nicht nur Kinderkacke, das geht gar nicht.

Wenn ich könnte, würde ich die letzte Minute zurückspulen. Oder diese Situation hier stellte sich als Traum heraus. Aber nein, ich stehe wie angewurzelt im Türrahmen zum Zimmer meiner Schwester.

Wieso sagt Kim nichts? Bitte Kim, sag etwas. Sie sagt nichts. Sie sagt auch nicht, dass ich gehen soll. Vielleicht ist sie wieder eingeschlafen, vielleicht hat sie gar nicht gehört, was ich gesagt habe.

»Das ist Erpressung.« Sie schläft nicht. »Du kannst Ma und Pa erzählen, was du willst. Es ist mir komplett egal. Nadja wird nicht mehr durch dein Zimmer kommen, wenn es dich stört.«

»Es stört mich nicht, ich möchte nur wissen, was los ist.«

»Warum?«

»Weil ich mir schreckliche Sachen vorstelle.«

»Es ist nichts Schreckliches.«

Dann ist es wieder still.

»Hast du keine eigenen Probleme, Jay?«

»Doch.«

»Also.«

Kim hat nur ›Also‹ gesagt und nicht ›Erzähl‹. Also bleibt ihr ›Also‹ im Halbdunkel des Zimmers hangen. Je länger ich hier stehe, desto entschlossener bin ich, nicht zu gehen, bevor sie mich einweiht. Nie im Leben würde ich Ma oder Pa etwas sagen, aber ich bin nicht nur ein Durchgangszimmer.

»Ich bin nicht nur ein Durchgangszimmer.«

Kim schlägt die Decke zurück, nimmt ihr Handy und steht auf. Sie blättert in ihren Fotos und drückt mir das Telefon in die Hand. »Bitte, du kannst den Ordner durchschauen.« Dann legt sie sich wieder ins Bett.

Ich stehe immer noch an der Zimmertür und sehe Nadja auf den Fotos mit anderen gemeinsam eine Straße blockieren, Polizeiwagen, eine Menschenmenge auf der Straße, Leute, die auf der Straße festkleben, Transparente, verwackelte Fotos, Personen werden von Polizist:innen festgenommen, Nadja wird weggetragen, Nadja im Polizeibus, Kim vor dem Spiegel mit verschiedenen Jeans, gehört nicht mehr dazu, schätze ich, und wische mich nochmal rückwärts durch die Fotos von der Protestaktion.

»Sie hat eine Anzeige wegen Widerstands gegen die Staatsgewalt, hat angeblich eine Polizistin getreten. Die Polizistin hat Nadja getreten, aber beweis das mal. Ihre Eltern sind gegen die Proteste, ihre Eltern sind gegen alles, was Nadja wichtig ist. Und mir. Ihre Eltern sind überzeugt davon, dass die Polizei nie lügt. Also denken sie, dass Nadja die Polizistin attackiert hat. Nadjas Eltern verbieten ihr, weiter zu protestieren.

Sie ist abgehauen. Fürs erste. Schläft bei Freund:innen. Sie will nicht, dass die Eltern ihrer Freund:innen auf die Idee kommen, sich mit ihren Eltern kurzzuschließen. Sie will nicht, dass ihre Eltern wissen, wo sie ist. Sie schickt ab und an eine Nachricht, dass es ihr gut geht, damit die Eltern keine Vermisstenanzeige machen, aber das wars. Nicht schrecklich, nur ganz normal bescheuerte Oldies. Und unseren traue ich auch nicht über den Weg. Sie stehen zwar sicher an Nadjas Seite, aber sie würden nicht zulassen, dass Nadjas Eltern nicht wissen, wo sie ist. Sie würden gemeinsame Treffen organisieren und sich unendlich einmischen.

Ich bin müde, Jay, lässt du mich jetzt schlafen oder musst du noch wissen, wieso wir heute Nacht zu ihr nach Hause gegangen sind? Sie hat Sachen geholt, die sie braucht. Ich habe im Hausflur gewartet und durch das Fenster gesehen, wie der Polizist dich angesprochen hat. Wusste ja nicht, dass du da bist, und wusste nicht, was der Polizist da zu suchen hatte. Bin also raus zu dir.

Nadja schläft heute bei einem anderen Freund. Sie hat geschrieben, dass es geklappt hat, ihre Sachen zu holen, ohne, dass jemand aufgewacht ist. Sie war ungefähr so überrascht wie ich, als ich ihr geschrieben habe, dass ich mich um meine Schwester, sorry, mein Geschwist kümmern musste und deshalb verschwunden bin. Enttäuscht, Jay? Tut mir leid, mehr kann ich nicht bieten.«

Plötzlich geht es ganz leicht, mich vom Türrahmen zu lösen. Ich bringe Kim ihr Telefon.

»Gute Nacht.«

»Gute Nacht.«

Hallo, ich bin Timothy. Ist da jemand?

Dreiundzwanzig

Leo löscht auf einer Liste den Punkt Hausaufgabe. Sie geht die übrigen Punkte durch und beendet die Sichtung mit einem lauten Seufzen. Sie zeigt mir die Liste, ein immenser Vertrauensbeweis:

neue Schnürsenkel
Ladekabel
für Mathetest lernen
bei Conny nachfragen wg. M.
Training absagen
Bild für Therapie malen

Plötzlich finde ich es schade, dass ich alle Listen gelöscht habe. Ich habe gerne Listen geschrieben, bei To-do-Listen Erledigtes nicht gelöscht, sondern mit einer anderen Farbe unterlegt. Dringendes fett, Erfreuliches kursiv, Notwendiges unscheinbar normal formatiert, nicht mit Erinnerungssignalen gearbeitet.

Jetzt erst fällt mir auf, dass mir die Listen fehlen, mehr noch das Listen-Anlegen. Mein J.-Sein ist listenlos, keine Ordnung, kein Fortschritt, kein befriedigendes Gefühl angesichts erledigter Punkte oder eines schönen grafischen Auftritts der Liste.

»Darf ich noch etwas auf deiner Liste ergänzen?«, frage ich.

Leo nickt.

Ich schreibe: Wrangler treffen.

Leo setzt ein jubelndes Emoji dahinter.

Ich beschließe, wieder mit dem Listenschreiben anzufangen. Nur ein bisschen. Fast nichts aufschreiben. Nur ganz wenige Punkte.

»Hörst du immer noch keine Stimmen? Im Kopf, meine ich«, fragt Leo.

Ich nicke.

»Wie ist das, wie fühlt sich das an?«

Normal, will ich sagen, aber ich weiß sowieso nicht, was normal ist. Und wenn ich es wüsste, würde ich es nicht sein wollen. NICHTS ist nicht normal, sonst wäre es Etwas und nicht Nichts. Mir ist kalt. Leo hält mir ihre gelbe Jacke hin. Really? Ich ziehe sie an.

»Hörst du viele Leute reden?«, frage jetzt ich.

Leo nickt.

»Immer?«

Sie schüttelt den Kopf.

»Haben sie Namen?«

Sie antwortet nicht.

»Geheime Freund:innen?« Kim würde die Augen verdrehen bei dieser Frage. »Ich meine, sind sie mit dir befreundet?«

»Einige. Wie eine Bande«, sagt Leo, »aber ich kenne nicht alle.«

»Wissen deine Betreuer:innen von den Stimmen?«

Sie nickt.

Damit habe ich nicht gerechnet. Aber es beruhigt mich.

»Aber die Betreuer:innen, die dürfen nicht mit dir über mich reden, Wrangler.«

»Ich weiß.«

Irgendwie beruhigt Leo das.

Ich lade sie ein, am Wochenende mit meinen Eltern und mir wegzufahren. Meine Eltern seien mit sich beschäftigt, wir könnten ganz und gar für uns sein, sage ich. Aber sie hat andere Pläne: ans Meer fahren, genauer fliegen, und einen Paraglide-Kurs besuchen.

»Echt jetzt?«

Sie nickt.

»Letztes Wochenende warst du auch verreist.«

Sie nickt wieder.

»Wieso bist du am Wochenende nie in der WG?«

»Weil ich bei meiner Familie bin«, sagt sie.

»Aber wegen deiner Familie bist du doch in der WG.«

Sie antwortet: »Am Wochenende machen wir Sachen, die die WG, also die Jugendhilfe, sich nicht leisten kann. Große Konzerte, im Stadion, Städtereisen und so Sachen, einmal war ich sogar – na ja, egal.«

es waren einmal zwei hunde, die hießen checker und mini. niemand wusste, wieso sie immer nach den wochenenden so müde waren, dass sie nicht einmal mehr fressen oder hinausgehen wollten. sie schliefen im gehen ein.

Diese Hundegeschichte wird keine.

Das hier ist gar keine Hundegeschichte.

Das hier ist eine ganz andere Geschichte.

Das hier ist keine Geschichte.

Das hier ist echt.

Wuff.

Wau.

Wuuuuuuuuuuuuuuhhhhhh.

Waff.

Baff.

J. heult nicht.

Ich heule nicht.

Es sieht nur so aus.

Aber es sieht mich sowieso niemand. Ich bin unsichtbar. Nur ein Buchstabe. Also.

»Kannst du dich um uns kümmern, Wrangler? Ich muss eine Zeit lang verschwinden.«

Ich starre Leo an. Checker starrt zurück.

»Kannst du uns diesen Gefallen tun?«

Ich nicke. Dann sage ich: »Aber wir brauchen dich, also ich und irgendwie noch mehr. Von euch. Oder so. Einfach alle.«

Jetzt nickt Checker. »Ich weiß, ich komme wieder. Aber jetzt muss ich mich für eine Weile vertschüssen.«

Gerade, als ich fragen will, wohin Checker sich vertschüssen will oder wird oder muss, sitzt Mini mir gegenüber und weint.

»Ich bin da«, murmle ich, »aber ich bin auch traurig.«

Wir sitzen eine Weile da. Ich glaube, ich habe noch nie so schnell nachgedacht. Tausend Gedanken in wenigen Sekunden. Ich sage: »Ich lasse dich, ich meine, euch, nicht allein. Das verspreche ich.«

Ich muss gehen, bevor ich komplett an meinem Verstand zweifle. Was tun? Ich habe versprochen, Leo und die anderen nicht allein zu lassen, aber ich muss hier raus. Also frage ich vorsichtig: »Ab wann musst du denn weg?«

Keine Antwort.

Ich sage, egal zu wem, also einfach in das Zimmer hinein: »Ich hole nur schnell meine Sachen von Zuhause und bin in einer Stunde wieder hier, versprochen. Dann bleibe ich so lange, wie ihr wollt. Okay?«

»Wrangler, warte noch!«, ruft Mini, als ich schon die Türklinke in der Hand halte.

»Was denn?«

»Es ist wirklich nett von dir, aber du brauchst dich nicht um mich zu kümmern. Wir sind viele und einige sind immer da. Für mich.«

»Achso?«

»Ja.«

»Gut.«

»Ja, gut.«

Ich gehe. Mache im Flur der WG nochmal kehrt, klopfe an Leos Tür.

»Ja?«

Ich stecke die Nase zur Tür herein: »Wie viele seid ihr denn?«

Mini legt den Finger auf die Lippen.

»Okay«, flüstere ich und winke.

Mini winkt zurück.

Wie können wir uns erkennen? Wo seid ihr?
Bitte schreibt mir.

In dieses Heft. Ich schreibe zurück, versprochen.
So können wir miteinander reden. Alle. Ihr erkennt mich an meiner Schrift. Einige von euch kenne ich auch schon von der Schrift auseinander. Prinz Robert? Connie? Blessing? Das Heft liegt immer auf dem Tisch oder unter dem Bett.

Die Betreuer:innen schauen nicht hinein. Darauf achte ich. Wahrscheinlich würden sie es sowieso nicht tun. Dürfen sie ja nicht.

Vierundzwanzig

Das Wochenende. Ohne Leo. Ich habe die ganze Rückbank im Auto für mich, weil Kim sich weigert, noch mit der Familie wegzufahren, und weil Cliff bei seinem Freund aus dem Bus bleiben wollte. Wieso wusste ich gar nicht, dass Cliff einen Freund hat? Einen Freund, bei dem er ein ganzes Wochenende lang bleiben will.

Ma fährt, Pa auf dem Beifahrersitz, ich hinten. Wir sind auf dem Weg in das Landhaus einer befreundeten Familie. Also unsere Eltern sind befreundet, wir Kinder nicht. Es nervt mich, wenn es heißt, befreundete Familie, dabei ist gar nicht die ganze Familie befreundet. Außerdem ist es mehr eine Hütte als ein Haus. Seit ein paar Jahren fahren wir immer wieder dorthin, mal mit der anderen Familie, mal ohne. Ich mag den verwilderten Garten und den Geruch nach altem Holz in der Hütte.

Es ist still im Auto, die Landschaft fliegt vorbei und der Himmel. Ich kann die Baumspitzen und Schäfchenwolken sehen, auf dem Rücken liegend, den rechten Arm unter dem Kopf. Ich bin im Auto und doch nicht wirklich da. Ich weiß nicht, wie lang ich so dagelegen bin, auf der Rückbank, und wie lang Ma bereits geparkt hat, als ich die Augen aufmache und sie und Pa mich ansehen.

»Wir tanken und tauschen. Willst du etwas zum Knabbern haben?«

»Nein, danke.« Ich versuche, die Elterngesichter wieder wegzuschieben und ganz für mich zu sein. Aber es geht nicht. Ich fühle mich beobachtet. Kurz schrecke ich hoch: Ma, die mein Knie tätschelt. Dann Autotür auf, rechts, dann links, Tankgeräusche, Wortfetzen, kurze Zeit später Einstieg rechts, Einstieg links, das Rascheln einer Verpackung, wahrscheinlich Kartoffelchips, losfahren, endlich.

Ma wie Pa scheinen verstanden zu haben, dass ich nicht gewillt bin zu kommunizieren. Die Fahrt geht weiter, Radio. Himmel, Gewitterwolken, Baumkronen, Verkehrsschilder, das Innere eines Autos, hier, jetzt. Ich möchte das ganze Wochenende so weiterfahren, weiter gefahren werden. Es blitzt. Es donnert. Dramatischer Himmel. Dann prasselt Regen auf das Autodach. Kurz danach Sonne. Alles dampft. Ich hier hinten ganz für mich. Ich reibe meine Füße genussvoll aneinander, strecke die Beine durch. Hebe ab. So fühlt es sich an. Es piepst.

»Was war das?«, fragt Pa in Richtung Windschutzscheibe.

»Ich piepse nicht«, sagt Ma. Es klingt nicht genervt, aber auch nicht lustig. Einfach ein alberner Satz.

Ich halte es nicht lang aus. Setze mich auf, krame im Rucksack nach dem Handy: eine SMS von Zineb.

In der Hütte, es ist schon spät, sitze ich in eine Decke eingewickelt auf dem Bett in dem kleinen Zimmer neben der Küche. Ich höre meine Eltern videotelefonieren und verstehe jedes Wort. Großmutter Momi wartet auf das Visum. Schaut wieder schlecht aus, sogar für nur zwei Wochen Besuch.

Dann geht es ums Essen. Wieso reden alle im virtuellen Raum hundert Mal lauter als sonst? Momi erkundigt sich nach mir, nach Jecinta. Meine Eltern antworten, »Jecinta …«. Ich höre nicht weiter zu, möchte, dass Momi kommen kann. Sie darf weiter Jecinta zu mir sagen, wenn sie sich Jay nicht merken kann. Nur Momi dürfte das.

Aber Momi darf nicht einreisen. Wer denkt sich das aus, dass Großelternteile oder andere Leute, die Menschen wichtig sind, diese nicht besuchen können? Nie. Weil sie nicht ins Land hineingelassen werden. Nicht einmal nach Europa. Selbst wenn ich jetzt sterbe, könnte Momi nicht kommen. Jetzt, wo wir alle noch leben, wäre es viel wichtiger, dass sie kommt.

Irgendwann ist es still. Ich bin fast eingeschlafen, immer noch im Sitzen, den Kopf an die Wand gelehnt, als ich Ma's Stimme höre, gereizt und bemüht leise: »Die Kinder müssen sich entscheiden, Kim und Jecinta. Clifford ist zu klein. Er kann nicht selber entscheiden.«

»Doch, kann er. Muss er.« Pa klingt müde.

»Was, wenn alle drei zu dir wollen?«

»Wollen sie nicht.«

»Und wenn doch? Kannst du ihnen das bieten? Nicht irgendwelche Babysitter, sondern dich, deine Zeit?«

»Das wäre einen Versuch wert, Kim und Jecinta eine Babysitterin anzubieten«, lacht Pa bitter.

»Du weißt genau, was ich meine!«

»Die Kinder werden sich nicht für mich entscheiden. Also hör auf damit, bitte.«

Ich will nach Hause. Zu Kim. Zur praktischen Kim. Die weiß, wo es langgeht.

Die Eingangstür der Hütte quietscht. Schritte draußen. Jemand heult. Ganz leise. Aber endlos.

Ma?

Pa?

Ich schreibe an Leo, ich rufe an, sie antwortet nicht, keine Zeile, hebt nicht ab. Melde dich. Schreib, dass du meine SMS liest. Schreib, dass ich mir alles hier, in dieser Familienhütte, einbilde. Dass ich Stimmen höre und nicht meine Eltern. Ruf mich an.

Ich warte. Ich warte die ganze Nacht. Jede Minute schaue ich auf mein Telefon, dabei würde ich es sowieso hören. Ich bilde mir ein, eine Nachricht sei gekommen, dabei hat das Telefon keinen Ton von sich gegeben. Ich kann nur noch an das Warten denken. Fühle mich komplett verlassen. Keine Musik, die passt. Nichts.

Jay, du bist fast fünfzehn, liegst hier im Bett in dieser Hütte und hast weder ein J_a im Rücken, noch bist du NICHTS. Sondern nur ein stinknormales Häufchen Pubertätselend. Einsam. Heulend. Bei Anzahl warmer Tassen Milch mit Gutenachtgeschichten bist du vorne, und bei kleinen lustigen Delfinen auf dem Polsterbezug.

Aber: Niemand soll glauben, dass mich irgendwelche selbsternannten Alpha-Teens beeindrucken, die angesagten Kids, Superstars, die, bei denen alles schon losgegangen ist, mich nicht. Ich habe lieber Kinderschokolade statt Joints, und Kakao statt Schnaps. Dafür kein Kopfweh am nächsten Tag. An alle Pokerfaces dieser Welt: Wisst ihr eigentlich, was ihr seid? Eine Handvoll Pokerkarten und nicht genug Geld. Eine lange Kameraeinstellung mit nichts dahinter, die Schminke zerläuft, der Dreh ist aus. Also.

Ich heule weiter, egal, was ihr denkt.

Ich stelle fest: Niemand hat das Telefon abgehoben. Irgendwer muss doch noch wach gewesen sein. Ich habe geschlafen. Voll tief. Aber ich weiß, dass nicht alle schlafen, wenn ich schlafe. Finds gemein: Da braucht jemand uns, und kein Schwein geht ran.

Fünfundzwanzig

Zurück zu Hause gibt es hunderttausend Gespräche, alle mit allen: Kim, Cliff, Ma, Pa und ich. Online immer wieder Moma dazu. Jede:r spricht für sich, sogar Ma und Pa. Sie trennen sich nicht. Sie ziehen nur auseinander. Ich will in meinem Zimmer bleiben, in der Wohnung. Kim auch. Cliff auch. Aber Kim will mit Pa in der Wohnung bleiben. Cliff mit Ma. Ich mit allen.

Schließlich wird entschieden, dass alle ausziehen, in zwei neue Wohnungen. Cliff und Ma und ich in eine Wohnung, Kim und Pa in eine andere. Alles wird besser werden, sagen Ma und Pa. Sie wollen ihrer Liebe, ihrer Ehe, ihrer Familie eine neue Chance geben. LEF.

»Glaubst du das wirklich? Glaubst du, dass Ma und Pa dann wieder verliebter ineinander sind, als man sich vorstellen kann.«

Ich nehme Cliff in die Zange.

»Papi hat das gesagt.«

»Das glaube ich dir nicht, Cliff.«

»Dann hat Mami es gesagt.«

Er windet sich aus meiner Umklammerung heraus, schnappt sich die Fernbedienung, das Gespräch ist beendet.

»Mit dir kann man nicht reden, Cliffy.«

»Ich will nicht reden.«

»Wir werden nicht mehr alle zusammen wohnen.«

»Das weiß ich doch. Lass mich jetzt glotzen. Du kannst bestimmen, welchen Film.«

Aber ich bin schon zur Tür hinaus. Ich komme noch einmal zurück. Setze mich neben Cliff: »Was ist jetzt eigentlich der Unterschied zwischen Frosch und Klavier?«

»Ich weiß nicht, das habe ich mir nur so ausgedacht.«

»Weißt du eigentlich, Cliffy, dass du, als du drei Jahre alt warst und ich fast neun, einmal im Schlaf aufgestanden und zum Fenster gegangen bist? Ich bin davon aufgewacht, dass du einen Stuhl ans Fenster geschoben hast. Es stand offen. Bevor ich wach genug war, um zu verstehen, was los ist, warst du schon auf das Fensterbrett geklettert. In unserer alten Wohnung. Im sechsten Stock.

Ich habe nur deine Silhouette vor dem Fenster gesehen und mich nicht getraut, Licht anzumachen oder etwas zu sagen. Ich dachte, du bist noch so klein und wenn du dich erschrickst, fällst du sicher aus dem Fenster. Deswegen bin ich ganz leise aufgestanden und auf Zehenspitzen durchs Zimmer zum Fenster geschlichen und wollte dich gerade packen, da bist du aufgewacht und nach vorne gefallen, und wenn ich nicht im Reflex deine Füße festgehalten hätte, wärst du hinuntergefallen.«

»Und tot gewesen?«

»Wahrscheinlich. Du hast so laut geschrien und ich auch, dass Ma und Pa und Kim angerannt kamen und dann Filmriss bei mir. Pa hat später erzählt, dass ich dich gerettet habe und mich dann übergeben musste und ohnmächtig geworden bin. Eine Schockreaktion. Seitdem bist du nie mehr geschlafwandelt. Weißt du, ein Klavier kann niemand am Fuß oder am Pedal festhalten. Es ist zu schwer. Aber einen Frosch schon.«

»Nein, dann reißt du ihm das Bein aus.«

»Also war das nicht die richtige Lösung für dein Rätsel?«

»Ich glaube nicht.«

Gemeinsam schauen wir einen Zeichentrickfilm. Mittendrin fragt Cliff, welcher Name meiner Meinung nach besser zu ihm passe, Clifford, Kiano oder Urs. Das sind seine drei Vornamen. Nach Momas Bruder, Ma's Bruder und Pa's Großvater. Ich bin jedenfalls gegen Urs. Klingt zu sehr nach Alm. Kiano und Clifford liegen gleichauf. Er denkt nach, bis der Film ihn wieder ablenkt.

Bevor er schlafen geht, fragt er noch, wieso ich jetzt Jay heiße. Ich erkläre ihm ausgiebig, wieso, weshalb, warum. Komischerweise scheint es ihn zu interessieren. Jedenfalls sagt er »Gute Nacht, Jay.« Ich schaffe noch eine dreiviertel Staffel von Victorias derzeitiger Lieblingsserie.

Am Morgen stehe ich nicht auf, obwohl sich das Handy schon das dritte Mal gemeldet hat. Ich kann mich nicht dazu aufraffen, mich auf die Seite zu drehen, die Decke mit den Füßen zur Seite zu schieben und mich auf die Hochbettleiter zu hieven wie sonst auch.

Etwas Schweres hält mich auf dem Rücken, Augen offen. Mein Kopf fühlt sich zu klein an. Das, was ich gesehen habe, ein spielendes Kind, Mini-Leo, glücklich irgendwie, aber auch ganz zerbrechlich, klein, aber groß, da und gleichzeitig nicht da, das passt in meinen Kopf nicht rein.

Weiß Wrangler zu viel von uns?

Ich habe eine Bitte: Lasst mich nicht allein.

Sechsundzwanzig

Leos Platz in der Klasse ist leer. Immer noch keine Antwort. Ich weiß nicht, ob irgendwem sonst auffällt, dass sie nicht da ist. Ich weiß nicht, ob irgendwem auffällt, dass ich da bin. Obwohl ich eigentlich nicht da bin. Halb bin ich noch bei den Familiengesprächen, und halb bin ich bei Leo und der Suche nach einem Grund dafür, dass sie sich nicht meldet.

Ich nehme mir vor, mir das nicht mehr gefallen zu lassen. Ich nehme mir vor, herauszukriegen, was eigentlich los ist. Ich nehme mir vor, mir gar nichts vorzunehmen.

Der Vormittag geht vorbei, alles wie immer, wie fast immer. Wie kann ein Vormittag so normal sein, so alltäglich, wenn die eigenen Eltern auseinanderziehen und man selbst gleich mit auseinandergezogen wird?

Ich verabrede mich mit Zineb, nach Ewigkeiten, so lange und weit weg fühlt es sich an, und, ja, tatsächlich auch mit Victoria, für den späten Nachmittag. Damit ich nicht alleine bin, falls ich Leo nicht finde oder sie mich nicht sehen will. Was, wenn sie zu Hause ist, in der WG, wenn ich läute, und so tut, als wäre nichts? Was, wenn sie mit mir in ihrem Zimmer abhängt, ganz normal? Was, wenn mir niemand öffnet? Was, wenn mir jemand öffnet, ich mich aber nicht hineintraue? Was, wenn Leo am Wochenende aus- und umgezogen ist, nach unbekannt verzogen? Ins Ausland. Zum Paragliden. Was wenn was wenn. Lähmend, absolut lähmend.

Als ich mittags nach der Schule vor ihrem Haus stehe, schafft mein Arm es nicht, sich auf die Höhe des Klingelfeldes zu bewegen. In dem Moment kommt jemand aus dem Haus heraus. Ich bin im Haus drinnen, gehe die Treppe hinauf und läute an der WG-Tür. Das geht. Von Leos Bezugsbetreuerin, die die Tür öffnet, heißt es, Leonie sei nicht da. Mehr könne sie mir nicht sagen. »Datenschutz«.

Wie jetzt? Keine Einladung hereinzukommen, wie sonst, um auf Leo zu warten. Keine Antwort auf meine Frage, ob Leo krank sei. Nur Datenschutz.

Meine Eltern würden nie eine:n Freund:in unter dem Hinweis auf Datenschutz abweisen. Nicht, dass haufenweise Leute bei mir zu Hause klingeln und mich besuchen würden. Nicht, dass ich weiß, wo ich überhaupt wohnen werde, wenn wir alle ausgezogen sind.

Ich sage zu Leos Betreuerin, dass ich von den inneren Stimmen weiß, von Prinz Robert und anderen, und dass ich Leos, also Leonies best friend bin und ein Recht darauf habe, zu wissen, wo sie ist. Ich rede und rede, darüber, dass ich nicht verstehe, wieso Leo Lust hat, jedes Wochenende mit ihrem Vater und ihren Großeltern zu verbringen, aber sonst nie etwas von ihnen erzählt, oder nur Sachen, die garantiert erfunden sind, und dass ich die Konzerte gegoogelt habe, auf denen sie war, aber es gab diese Konzerte gar nicht oder sie sind erst angekündigt, und dass ich weiß, dass die Betreuerin nicht mit mir über Leo sprechen darf, aber dass ich ja nicht die Polizei oder die Jugendhilfe oder eine unbekannte Person bin, und dass ich es gemein finde, mich so ins Leere laufen zu lassen.

Die Betreuerin hört mir zu. Sie nickt. Sie sagt, dass alles gut wird. Sie sagt, dass sie weiß, wie wichtig ich für Leonie bin. Sie sagt, sie findet mich eine:n großartige:n beste:n Freund:in. Sie sagt, sie kann mir trotzdem keine Auskunft geben. Nur, dass es Leonie gut gehe. So gut es gerade gehen könne. Und alles alles alles Zeit brauche. Und dass Leonie gut aufgehoben sei.

Niemand kann Leo aufheben. Sie ist kein Spielklötzchen oder ein Stück Papier. Kein kleiner Hund. Niemand darf sie aufheben. Niemand darf sie fallenlassen. Wieso haben Sie nicht verhindert, will ich die Betreuerin fragen, dass Leo fallengelassen wurde.

Ich weiß, dass die Betreuerin Leo noch gar nicht kannte, bevor sie in die Wohngemeinschaft kam. Trotzdem: Niemand sonst ist da. Also ist die Betreuerin Schuld. Sie sagt, ich müsse jetzt gehen. Ich werfe ihr Gemeinheiten an den Kopf. Sie schließt die WG-Wohnungstür vor meiner Nase. Ich trete vor die Tür. Das wars mit cool und brav. Dann gehe ich weg.

Siebenundzwanzig

Victoria, Zineb und ich trinken alle drei aus dem Milchshake-Becher, in dem nur ein Strohhalm steckt. Wir sitzen um die Ecke von der Schulbushaltestelle auf den Stufen vor einem Wollgeschäft. Ich höre mich erzählen, sprudelnd, von dem Wochenende in der Hütte und einem unglaublichen Gewitter und dass mir eine kranke Katze zugelaufen sei, die ich aber dort lassen musste, Zineb und Victoria sollten das nächste Mal mitfahren, dann könnten wir gemeinsam nach der Katze suchen.

Zineb stupst mich in die Seite: »Was redest du da, Jay, hallo, was ist los?«

»Nichts.«

»Ich glaube, Remi steht auf dich.« Victoria wechselt das Thema.

»Quatsch, er steht auf dich, Victoria«, sagt Zineb.

»Nein, auf Jay.« Victoria bleibt dabei.

»Mimmi ist wieder gesund. Wir waren in der Tierklinik und –«

»Nicht schon wieder der blöde Köter«, unterbricht Victoria.

»Habt ihr euch schon einmal vorgestellt«, sage ich schnell, »dass Jelena Menger ein Elternteil von euch wäre? Wenn ihr euch eines aussuchen könntet, meine ich, ein zusätzliches Wunschelternteil.«

»Bitte nicht noch mehr Eltern als meine zwei«, seufzt Victoria.

Zineb sagt gar nichts mehr.

Victoria ätzt: »Wenn sich meine Mutter mit Liebhabern im Kino küssen würde, käme ich vielleicht auch auf solche Ideen.«

»Meine Mutter knutscht nicht in Kinos herum.«

»Ach, ich dachte. Wieso hast du eigentlich diese gelbe Jacke an, schon seit Tagen?«

»Erzähl weiter von Mimmi«, schlage ich Zineb vor.

Und die erzählt. Und erzählt. Und erzählt.

Währenddessen stelle ich in Gedanken eine neue Liste zusammen:

Wer hat seit wann die Regel: Chan noch nicht. Wir anderen schon. Zineb, Victoria und ich liegen gleichauf vor Chan. Remi kommt nicht vor. Aber wer weiß. Alles ist möglich.

Geküsst: unklar, wer am häufigsten. Ich selber jedenfalls noch nicht. Nur Verwandte und gute Bekannte, Ma und Pa natürlich, auf die Wange, ansonsten niemanden geküsst.

Zineb erzählt ohne Punkt und Komma von Mimmis Abenteuern und dem, was sie für Hundeabenteuer hält, und genießt sichtlich, dass Victoria zuhört, Köter hin, Köter her. Mimmi ist kein Köter.

Ich suche ein Listen-Thema, bei dem ich am besten abschneide, aber mir fällt keins ein. War ja klar. Noch nicht einmal die Regel macht Ärger. Blutet einfach nur schwach vor sich hin, ungefähr einmal pro Monat. Keine dramatischen Flecken auf hellen Hosen, nicht einmal mein größerer Busen vor der Regel interessiert mich, noch nie habe ich mich selbst angefasst, wie denn, wo denn. Ich meine, ich weiß, wo, aber nicht, wie. Oder so. Oder wann. Oder warum. Die Regel legt mich auch fest, Zyklus und so. PpP. Ich hätte gerne verschiedene Pubertäten pro Person. Jedenfalls für mich.

Immerhin hat die Sache mit den Listen mir wieder Boden unter die Füße geschoben nach Victorias Frage zu Leos gelber Jacke, die ich trage. Seit ich bei Leo und mir kalt war. Und ich dann so plötzlich gegangen bin, dass ich ganz vergessen habe, die Jacke wieder auszuziehen.

»Mimmi ist kein Köter«, sagt Zineb.

»Okay, okay«, lenkt Victoria ein und wechselt das Thema: »Schade, dass Remi erst vierzehn ist, mit sechzehn wäre er interessant.«

Zineb springt wider Erwarten auf: »Gegen die anderen aus unserer Klasse wirkt er wie zwanzig, finde ich. Ich habe mal in einem Chat einen Remi getroffen und dachte die ganze Zeit, das ist er. Kenne sonst keinen Remi. Habe ihm alles mögliche erzählt. Erst als er ein Dickpic geschickt hat, habe ich kapiert, dass es ein anderer Typ ist.«

»Übel«, sagt Victoria.

»Verdammt«, sage ich.

»Also Jecinta«, Zineb wechselt wieder abrupt das Thema, »wann können wir mit dir und deinen Eltern in diese Hütte fahren?«

Sonst sagt Zineb immer Jay. Dieser elende zweite Remi verdirbt alles. Dickpic. Wer fotografiert sein Genital und schickt das Foto an Kinder oder Jugendliche?

hund zehn:

ein kampfhund hatte gehört, dass er fortan einen hundeführerschein brauche, um in der öffentlichkeit unterwegs sein zu dürfen. da er aber keine idee hatte, wie er zu solch einem führerschein kommen könne, verzichtete er aus angst vor einer anzeige und dem tierheim darauf, sich weiterhin in der öffentlichkeit zu zeigen. so wurde aus dem kampfhund ein schoßhündchen, das sich sogar in ein katzenklo quetschte und auch sonst nach und nach seine identität an den nagel hing.

sein halter, der remi hieß, eigentlich raimund, aber seine leute nannten ihn remi, war viel beschäftigt und es kam ihm entgegen, nicht mehr täglich zwei mal mit dem hund rausgehen zu müssen. aus lauter angestautem frust aber pinkelte der hund eines tages raimund ans bein. raimund war ein ekelhafter choleriker, der heimlich seine kinder schlug. jetzt, frisch angepisst, schrie er den hund an und war nicht zu beruhigen. da besann sich der hund seiner wahren kampfhundidentität und biss zu. seither konnte herrchen raimund nie mehr ein neues dickpic posten.

Achtundzwanzig

Ich ziehe schon den Hausschlüssel aus der Außentasche vom Rucksack, nur noch eine Querstraße von Zuhause entfernt, als sich mir zwei ältere Jugendliche in den Weg stellen.

»Gute Jacke«, sagt die eine, nachdem sie blitzschnell hinten in meinen Kragen gegriffen hat. Ich versuche weiterzugehen, aber die andere hält mich fest. Bevor ich überlegen kann, wie weiter, brennt die Jacke vorne am Bündchen und am linken Ärmel. Die beiden stecken ihre Feuerzeuge ein, halten mich an den Schultern fest.

»Teure Marke. Die Jacke, meine ich«, sagt die, die bisher noch nicht gesprochen hat. Ich werde gegen die Hauswand gestoßen. Stoße zurück, aber ins Leere.

Ich gebe auf. Wieso nicht einfach wegkippen und nie mehr zu mir kommen?

»Scheiße!« Die eine Jugendliche rüttelt an mir.

»Weg hier!«, zischt die zweite und beide rennen davon.

Kaum sind sie weg, zerre ich am Reißverschluss von Leos Jacke, werfe mich auf dem Gehsteig herum, springe auf, endlich ist der Reißverschluss offen. Ich ziehe die qualmende Jacke aus, schleudere sie auf den Boden, trete darauf herum.

Sonst gehen hier ständig Leute entlang. Jetzt kein Mensch. Nicht mehr weit bis nach Hause. Die Jacke bleibt liegen. Kann ich ja nichts dafür, dass Leo Markenjacken trägt. Wusste ich ja nicht. Kannte die Marke nicht. Interessiert mich ja nicht mehr.

»Das stinkt«, ächzt Cliff, als ich durch die Küche gehe.

»Du stinkst auch«, schnappe ich zurück.

Außer ihm ist zum Glück niemand in der Küche.

Eine halbe Stunde später klopft es energisch. »Steckst du dein Zimmer in Brand?« Ma fällt fast mit der Tür ins Zimmer.

»Wieso?«, will ich fragen. Stattdessen kommen die mühsam zurückgehaltenen Tränen und nehmen kein Ende. Auch nicht, als Ma mir eine neue Jacke verspricht und mir die Hände eincremt, zum Glück keine Verbrennungen.

»Bitte Ma, sag niemandem etwas davon, bitte.«

Der Wrangler-Pullover hat nichts abgekriegt. Nur die gelbe Jacke.

Ma erstattet Anzeige gegen zwei Mal unbekannt.

Dann schlafe ich siebzehn Stunden durch. Tief und traumlos.

Neunundzwanzig

Wie es wäre, tot zu sein, stelle ich mir vor. Seit ich Jay heiße, kommen mehr Gedanken als je zuvor. Wann vorher habe ich mir den eigenen Tod vorgestellt? Ohne Drama, einfach so. Aus die Maus. Still. Tränen. Von Zineb, von Ma, Pa, Kim, Cliffy, Moma, Remi, Chan, Leo. Leo? Würde sie um mich weinen? Wir kennen einander noch nicht lang. Wir würden umeinander weinen. Jay und Leo. Prinz Robert, die Briefschreiberin, Mini, die zeichnende Person, Checker, alle würden weinen, also eigentlich Leo total. Sie würden Erde auf meine Urne oder mein Grab schaufeln. Urne oder Grab?

Tot ist das große Nichts. Aber Tod ist auch Körper. Oder Asche. Und Tränen der anderen. Um mich. Auf der Todesanzeige würde Jecinta stehen, nicht Jay. Weil ich nicht mehr mitreden könnte. Um nichts in der Welt würden Ma und Pa Jay schreiben. Oder J. Sondern Jecinta. Und Nachname und Geburts- und Todesdatum. Und die Namen der Familienleute.

Leo würde nicht draufstehen auf dem Partezettel. Auch nicht mit ganzem Namen, Leonie. Und ihre Bande auch nicht. Sie würden womöglich nichts erfahren von der Beisetzung.

Ohne Leo lohnt es sich nicht zu sterben.

Ohne Leo lohnt es sich nicht zu leben.

Ohne Leo ist alles unvollständig.

Ich weiß nicht, was eine Person wissen lässt, ob sie tot ist. Was genau ist weg, wenn jemand stirbt? Der Herzschlag. Die Gedanken. Kontakt zu anderen. Was bleibt, ist Nichts. Aber Nichts ist jetzt schon. Da ich aber nicht tot bin, muss Tod etwas anderes sein als Nichts.

Liest überhaupt jemand meine Nachrichten?
Oder trefft ihr euch woanders? Online?
Bitte um Info.

Dreißig

»Endlich hebst du wieder ab, wenn ich anrufe! Was ist bei dir los? Wo warst du heute? Hunderttausend Stunden Schule ohne dich. Ich dachte schon, du hast dein Handy verloren.«

Bevor ich etwas sagen kann von verschlafen, sprudelt Zineb weiter, dass es einfach nicht möglich sei, ohne Apps und Chats und Foren und Influencer:innen zu leben, und dass sie sowieso Panik habe, ihr Handy zu verlieren, und dass man Handys erfinden solle, die zu ihren Besitzer:innen zurückfinden, wenn sie verloren gingen, das könne doch nicht so schwer sein, für Hunde gäbe es schließlich auch solche Piepser am Halsband oder für demente Leute, und ob ich schon wisse, dass Chan ein Zweithandy bekommen habe von einer Tante, einfach so, ohne Geburtstag, aber zwei Handys brauche ja im Grunde niemand, eines sei genug, vorausgesetzt, es gehe nicht verloren, und jetzt sei sie ganz aufgekratzt, weil sie mich endlich wieder am Telefon habe – »Jay, bist du noch dran? Habe ich zu viel geredet?«

»Nein. Ja. Was? Wenn NICHTS eine Person wäre, wie würdest du sie dir vorstellen?«

Zineb lacht. »Was ist das jetzt für eine Frage?«

»Wie würde es aussehen, das NICHTS, wo würde es wohnen, hätte es ein Handy, was würde es frühstücken und so weiter?«

»Woher soll ich das wissen?«

»Stell es dir vor, Zineb.«

»Das kann ich nicht.«

»Versuch es. Bitte.«

Ich kann mich nicht erinnern, Zineb schon einmal so nachdrücklich um etwas gebeten zu haben. Es fühlt sich passend an: »Bitte.«

»Das Nichts würde Honigbrote frühstücken und frisches Obst, Milchkaffee. Es hätte einen ganzen Koffer voller Smartphones, für alle möglichen Anlässe, es sähe aus wie nichts.«

»Das gilt nicht«, werfe ich ein.

»Soll ich jetzt auf deine komischen Fragen antworten oder nicht?«

»Ja. Bitte.«

Schon wieder »Bitte«.

»Du bringst mich durcheinander.«

»Ich mich auch. Ich meine, Zineb, du bist meine beste Freundin.«

»Das will ich auch gehofft haben. Bis später also, Jay.«

»Ach ja, genau. Zineb? Kannst du mich morgen früh von zu Hause abholen? Ich will den Weg zum Bus nicht alleine gehen. Morgen. Holst du mich also ab?«

»Mach ich. – Ist was, Jay?«

»Ja, nein, ich meine, alles gut.«

Immer wieder kommt Cliff herein. Zwischen dem Anklopfen und Öffnen der Tür bleibt keine Zeit, um Ja oder Nein zu sagen. Zuerst versuche ich, ihn zu ignorieren. Aber als er zum fünften Mal innerhalb einer Stunde in mein Zimmer kommt, schließe ich die Tür ab, lege den Schlüssel unter den Sitzsack. In dem Moment klopft es wieder und die Klinke der abgeschlossenen Tür wird heruntergedrückt.

»Hau ab, Clifford Kiano Urs!«

»Hey, kann ich bitte in mein Zimmer?«

Mit einem Satz bin ich bei der Tür, schließe auf, will Kim die Situation erklären.

»Geht es jetzt wirklich mal los bei dir oder was?«, wirft Kim ins Zimmer, bevor sie in ihr eigenes verschwindet. Ich lasse mich auf den Sitzsack fallen, strecke Arme und Beine von mir. Es zieht. Kim hat beide Türen offen gelassen, sie telefoniert. Immer redet Kim von dem, was losgeht. Aber bei ihr ist auch nichts los, obwohl sie älter ist. geliebt ✓ War vielleicht einmal. Kurz irgendwann. Wieso sollte es dann bei mir losgehen?

Frage für meine Kim-Liste: Wieso sagst du immer dasselbe? Wieso machst du so einen Stress?

Ich will keinen Stress, ich will nur hier herumliegen, geschwisterlos.

»Hast du schon gegessen?«, Pa's Stimme. Er steht im Türrahmen. Wenn jetzt noch Ma aufkreuzt, laufe ich weg und komme nie wieder. Allein wohnen später, türenlos, weil niemand da ist, der oder die hereinkommen könnte, die Wohnung voller Sitzsäcke und oranger Kissen, sonst nichts, nur die Stimmen von Leuten, die ich selber eingeladen habe. Und Leo. Und –

Cliff kommt herein, klettert meine Leiter rauf und runter ohne ersichtlichen Grund. Ich stehe auf und schubse ihn von der Leiter. Dann gegen die Wand. Noch einmal. Er schubst zurück. Wir raufen. Binnen kurzer Zeit habe ich seinen rechten Arm fest im Griff und ziehe, bis er schreit. Also aus Spaß. Halb.

Ich schiebe ihn in den Vorraum, werfe die Tür zu und halte den Atem an. In der restlichen Wohnung bleibt es still. Auch Kim hat offenbar ihr Telefongespräch beendet.

SMS an Remi:

tauschst du deine kl schwester gegen meinen kl bruder?

leider nein. was geht bei dir?

nichts

verstehe

ciao

warte noch

nein. bis morgen

ok

Ihr könnt nicht mehr allein sein.
Fühlt euch komplett abhängig.
Aber natürlich meldet sich niemand.
Keine einzige Nachricht.

Liebeskummer?

Ihr seid so traurig,
wie ihr euch noch nie gefühlt habt.

Einunddreißig

In der Schule sprechen sich mehrere Vorfälle herum, bei denen Jugendliche anderen Jugendlichen Jacken und Schultaschen angezündet haben, auf offener Straße, am helllichten Tag, für nichts und wieder nichts. Einfach so.

Niemand bemerkt, dass meine neue Jacke nicht die alte ist und auch nicht Leos gelbe Jacke. Ma hat eine neue Jacke gekauft, obwohl ich keine neue wollte. Egal.

Ich setze gerade an, Zineb und den anderen zu erzählen, warum ich von zu Hause abgeholt und den Weg zum Bus derzeit nicht allein gehen will, als Chan sagt: »Wenn das einer Freundin oder einem Freund von mir passiert, weiche ich nicht mehr von ihrer oder seiner Seite.«

Remi würde nie mehr eine Jacke anziehen, »egal, wie kalt es ist«.

»Ich würde um mich schlagen«, kündigt Zineb lapidar an.

»Ich würde mir eine neue Jacke kaufen und du, Jay?« Victoria macht ein Foto. Alle drängen sich um sie herum. Ich auch. ›Jay.‹ Auf Victorias Handy gespeichert unter friends.

Nach dem Unterricht warten Zineb, Chan und ich auf den Bus. Chan liest laut einen Post von ihrem Lieblingsblog WRONGGGRRR* vor:

> sie ist nicht so ein bleichgesicht wie du, schneewittchen, *weiß* wie das innere von kinderschokolade, eure stunde hat geschlagen. kolonialismus war mal, hättest du gerne noch. aber im grunde bist du abgemeldet, aus, vorbei, *weiß* ist out!

Zineb liest die Antwort von ›schneewittchen‹ vor:

> ohne uns seid ihr nichts

Chan verzieht das Gesicht.

Wer gibt sich den Namen Schneewittchen? Aber eigentlich möchte ich Chan und Zineb etwas ganz anderes fragen. Ich suche nach der richtigen Formulierung, als Chan schon wieder weiterliest:

siehst du, schneewittchen, überlegenes gehabe, das gefühl der unverwundbarkeit, immer oben schwimmen, obwohl du dir fast in die hosen machst, das sind die letzten zuckungen der *weißen* überlegenheitsmatrix, das sind eure verdammten märchen. ohne euch sind wir alles

»Ich finde«, sagt Zineb und schaut von ihrem Telefon auf, »sie kann nicht für alle sprechen.«

»Wer?«, frage ich.

»WRONGGGRRR*.«

»Warum nicht?«, frage ich weiter.

»Weil nicht klar ist, wer mit wir gemeint ist. Und mit ihr«, sagt Zineb.

»Darf das wahr sein«, Chan zeigt uns den Chatverlauf, »Schneewittchen fragt, was BPoC sind.« Sie liest WRONGGGRRR*s Antwort vor: BpoC sind eine seltene art von windpocken, wehschnittchen, glaubst du, du brauchst das alles nicht zu wissen? Black People und People of Color, B.P.o.C. kapiert? verpiss dich in deinen gläsernen sarg und warte auf den prinzen

»Total abgefahren«, sagt Chan und gibt WRONGGGRRR* ein fettes Like.

Wir lesen zu dritt weiter, was andere dazu gepostet haben, als der Bus kommt. Wir setzen uns ganz hinten hin und ich nutze die Unterbrechung, um meine Frage zu stellen: »Hört ihr manchmal Stimmen? Im Kopf, meine ich.«

»Oh my God«, sagt Chan.

Zineb schüttelt den Kopf. »Du?«

»Nein.«

»Na dann«, sagt Chan. Mit ihr werden komplizierte Sachen unkompliziert. Sie wehrt sich gegen Leute wie Schneewittchen. Sie teilt, was ihr gefällt. Wenn ich irgendwann wieder jemandem folge, dann Chan, Çatal. Und WRONGGGRRR*.

Zweiunddreißig

Das Äußerste, das ich mir vorstellen konnte zu übernehmen, war, auf Ladendetektive zu achten und Leo zu warnen. Die steht, unerkennbar in einem weißen Kunstfelloverall mit Hasenohren an einem Wühltisch im größten Kaufhaus der Stadt und verschenkt die Ware an erstaunte Kund:innen, Erwachsene wie Kinder: T-Shirts, BHs, Socken, Unterhosen.

Es geht länger, als ich es für möglich gehalten hätte, bevor zwei Securities sich energisch ihren Weg durch die Menschentraube vor den Wühltischen bahnen. Ich huste lauter, als ich je gehustet habe. Leo, der Osterhase, schaut auf und läuft durch die Menge davon. Fast könnte man meinen, sie hoppelte.

Ich stelle mich spontan den beiden Kaufhausleuten in den Weg und frage mit hustenerstickter Stimme: »Entschuldigen Sie, wo ist hier bitte die Toilette?« Ich werde weggeschoben, setze nach, indem ich den einen am Ärmel fasse: »Da vorne, bei den Parfüms, ist vorhin jemand ohnmächtig geworden. Ich habe es beobachtet. Sind Sie nicht vom Personal?« Ich wachse über mich selbst hinaus.

Der ›Osterhase‹ ist längst weg. Und jetzt auch ich, bevor die beiden Ladendetektive, oder was immer genau ihre Funktion ist, auf die Idee kommen, mir ungemütliche Fragen zu stellen.

Durch den mit warmer Luft gefüllten Ein- und Ausgang gehe ich eilig hinaus, dann rechts die Straße hinunter, dreihundert Meter zum öffentlichen WC, aus dem heraus mir Checker entgegenkommt. Ohne Ohren und ›Fell‹, sondern in Leos neuer orange-blau gemusterten Fleece-Weste, sicher auch ein Markenteil.

Schweigend steigen wir in den nächstbesten Bus. Ich lasse meine Hände sich in den Jackentaschen auszittern und versuche, so gelassen wie möglich zu wirken.

Checker grinst über beide Ohren: »Ich bin Kleptomane und das ist die beste Art, das auszuleben. So haben andere auch etwas davon.«

Ich traue mich nicht zu fragen, was ein Kleptomane ist, als Leo schon ergänzt: »Ich muss klauen. Es ist eine Sucht. Aber was soll ich mit so viel Zeug. Also verschenken, und als Osterhase geht das zur jetzigen Jahreszeit am besten.«

Ich weiß, dass das gelogen ist, frei erfunden. Ich weiß nicht, warum, aber ich weiß, dass es so ist.

»Habe ich dir schon erzählt, dass ich die Schlafkrankheit habe?« Leo gähnt ausgiebig. »Nur ganz wenige Menschen leiden daran. Von einer Sekunde auf die andere überfällt mich der Schlaf. Egal, wo ich bin. Ziemlich gefährliche Sache. Passiert mir alle paar Wochen. Andere haben es noch viel schlimmer, mehrmals täglich, gilt als unheilbar.«

»Ich glaube dir kein Wort, du bist einfach oft müde«, sage ich.

»Na und«, murmelt sie.

»Ich bin auch müde«, sage ich und schließe die Augen.

Ich weiß nicht, wie viele Sekunden vergangen sind, als ich die Augen wieder öffne. Mir gegenüber sitzt Leo, den Kopf an die Fensterscheibe gelehnt und schläft. Oder tut so. Aus ihrer Tasche schaut ein Stück Hasenohr heraus. Ich glaube, ich habe sie noch nie so entspannt gesehen.

Sie war einfach wieder da, in der Schule. Gestern schon. Ich habe keine Frage gestellt, nicht eine einzige kleine Frage. Sie war einfach da. Hat nicht besonders reagiert, als ich ihr von der gelben Jacke erzählt habe und dem Angriff der beiden Jugendlichen und allem. Und jetzt das mit dem Kaufhaus und Ostern.

Ich kenne mich nicht aus. Aber das zählt jetzt nicht. Jetzt ist jetzt.

Wir sitzen nebeneinander auf einer roten Kunstlederbank in einem kleinen Imbisslokal und essen Pommes.

Vor uns steht, an die 0,5-Liter-Flasche Eistee gelehnt, Leos Smartphone. Ganz leise lesen wir uns gegenseitig vor, was auf der Seite steht, auf der wir nach zig anderen Seiten gelandet sind. Begonnen haben wir mit ›ich höre stimmen‹ und jetzt sind wir hier bei ›wenn du wenn du wenn du‹:

> Wenn du manchmal das Gefühl hast, Stimmen von anderen in dir drinnen zu hören ...
>
> Wenn du dich nicht mehr daran erinnern kannst, was am Wochenende war, was gestern war, was letzte Woche war, und nicht nur einmal, sondern immer wieder, wenn du dich an ganze Teile deines Lebens nicht mehr erinnern kannst, oder wenn du das bei einer Freundin oder einem Freund feststellst ...
>
> Wenn du bemerkst, dass du ganz verschiedene Handschriften hast ...
>
> Wenn du Viele bist oder von einer anderen Person das Gefühl hast, dass diese Viele ist, mal jung, mal alt, mal gemein, mal voll nett ...
>
> Wenn du immer wieder denkst, dass das, was du tust, gar nicht du tust, sondern jemand anders ...
>
> Wenn dir manches von dem, was hier aufgelistet ist, bekannt vorkommt, du dir aber keinen Reim darauf machen kannst ...

Nach den vielen Wenn dus steht irgendwas von Jemandem erzählen und sich Unterstützung holen und es gibt Links zu Podcasts und Infos und Hilfetelefonen. Wir sind aber so auf die Wenn dus fixiert, dass wir diese immer wieder lesen, Leo ein Wenn du, ich ein Wenn du, sie beginnt, dann umgekehrt, ich lese das erste Wenn du, sie das zweite und so weiter. Bis wir gefühlte fünfzig Mal alle sechs Wenn dus laut, aber leise, gelesen haben.

Wenn ich das alles gewusst hätte, dann hätte ich ... was hätte ich denn ... jetzt könnte ich ... was könnte ich denn ... mit Ma reden ... mit Pa reden ... mit Kim reden. Alle haben selbst zu viele Probleme. Cliff ist zu klein. Jelena Menger ist auch Leos Lehrperson. Datenschutz. Oder was.

Wenn du wenn du wenn du ... Die Pommes sind kalt, aber wir essen sie trotzdem auf, bis auf das letzte Salzkorn. Leo wählt eine der Hilfetelefonnummern. Als sich jemand meldet, legt sie auf. Übergangslos ziehen wir uns ein paar Musikvideos rein, dann muss das Telefon sich hinlegen, weil wir den Eistee trinken, und Leo zieht ihre Hasenohren wieder an und den Reißverschluss zu und ich räume unser Tablett mit den Ketchup-Resten weg, schiebe es in das dafür vorgesehene Regal auf Rädern, und dann steckt Leo ihr Telefon ein und wir verlassen den Imbiss und streifen noch durch einige Läden, aber ohne etwas zu verschenken, Leos Kostüm zieht viele Blicke auf sich.

Das, was wir gelesen haben, ist wie ein Kostüm, das einige Nummern zu groß ist, es schlackert um uns herum und wir torkeln durch den Nachmittag, der der beste Nachmittag ist, den ich mir vorstellen kann und ich glaube, Leo sich auch.

Jetzt tut ihr so, als sei nichts gewesen.
Das habe ich mir gedacht.
Ich wette, ihr kennt euch nicht mehr
aus, wo ihr selbst anfangt und aufhört
und wo das Gegenüber anfängt und
aufhört, also wer wer ist, also zum
Beispiel mit Freund:innen.

Dreiunddreißig

»Hast du den Doppelstecker gesehen?«

Kim baut die Musikanlage auf, in einer Ecke ihres leer geräumten Zimmers. Es gibt keinen Tisch mehr, nur die Tür zwischen Kims und meinem Zimmer, die, aus den Angeln gehoben, waagerecht auf zwei in etwa gleich hohen Türmen aus alten Farbeimern liegt. Gerade, dass nicht noch die Papierbahnen ihre Wege durch die fast leere Wohnung ziehen. Stattdessen stapeln sich Umzugskisten in den Ecken der Zimmer.

Warum zelebriert Kim diesen Umzug mit einer Party? Schließlich zieht sie nicht nur von Ma weg, sondern auch und vor allem von mir und Cliff. Ohne Angabe von Gründen. So oft schon hat Kim den Eltern damit gedroht, auszuziehen, von der Familie wegzuziehen. Alles und auch das wäre erträglicher als die Vorstellung, dass Kim Pa und die neue Wohnung uns vorzieht.

»Wo ist dieser blöde Doppelstecker?«

»Wahrscheinlich in deinen Kisten in der neuen Wohnung.«

Ich versuche, diesen Satz neutral zu sagen. Von der Stimme her funktioniert es, nur die Augen machen nicht mit.

»Hast du vielleicht einen Doppelstecker, den du mir –«

Jetzt erst sieht Kim mich an. Sie nimmt mich in die Arme. Kim weint mit. Die große starke Kim.

»Wieso weinst du denn?«

»Weil ich dich vermissen werde, Jay, und weil ich wütend bin auf unsere Eltern, dass sie uns aufteilen.«

»Warum bleibst du dann nicht bei uns?«

»Ich vertrage mich mit Ma nicht. Und ich will nicht, dass Pa übrig bleibt. Bei mir geht es sowieso nur um ein paar Monate. Dann bin ich weg. Von beiden. Aber nicht von dir. Du kannst mich besuchen kommen, sooft du willst.«

»Das sagst du jetzt so.« Ich kann die Tränen einfach nicht stoppen.

»Weißt du was, kleine Schwester, wir beide werden mehr miteinander zu tun haben als all die Jahre, die wir Tür an Tür gelebt haben. Wir werden nicht mehr so in der Wohnung herumlaufen, als hätte jemand uns einen Deckel auf den Kopf gedrückt. Wir müssen nicht mehr stillhalten und mitspielen.«

»Wie meinst du das?«

Kim schneuzt sich. »Ich meine das Stillhalteabkommen unserer Eltern. Wir haben alle stillgehalten. Die Luft angehalten. Zu Hause. Und weil das endlich vorbei ist, feiere ich eine große Party, auch, wenn mir zur gleichen Zeit nach Heulen zumute ist wie dir. Aber glaub mir, wir beide halten nie mehr still. Abgemacht? Hey, abgemacht?«

»Ich weiß, wo der Doppelstecker ist, warte.« Ich laufe los, fliege die Leiter zum Hochbett hinauf, stecke meine Nachttischlampe ab und bringe den Stecker dahin, wo er dringend gebraucht wird.

Ein paar Stunden später dröhnt mir der Kopf. Von allem, was geraucht wird, süßlicher Duft und Zigarettenrauch, der vom Balkon hereinweht in mein Zimmer wie ein Herbstnebel, dabei ist Frühling, und vom Weinen am früheren Abend und Allem, was noch kommen wird.

»Du hast ein aufregendes Leben«, findet Victoria. Sie, Chan, Zineb und Remi sind auch da. Kim hatte mich dazu aufgefordert, meine Leute einzuladen. »Um dir nicht lästig zu werden?« Aber dieses Misstrauen ist vorüber und vergessen.

bin auf dem weg zu dir

»Besuch! Jay? Jay?!« Zineb fuchtelt mit dem Handy herum, als sei sie kurz davor, einen Kriminalfall zu lösen. Ich hatte nur kurz Getränke vom Balkon geholt.

»Dein Handy hat gepiepst und ich habe nachgeschaut, ich dachte, vielleicht steht wer vor der Tür und wir hören die Klingel nicht, ist ja egal, ich meine, bin auf dem weg zu dir.«

Ich versuche, so beiläufig wie möglich zu fragen: »Wer schreibt mir denn?«

»Timothy«, antwortet Zineb, »wer ist das?«

Victoria schnappt sich das Handy und tippt los:

wir warten alle sehnsüchtig auf dich und ich habe noch eine besondere frage, aber nur unter 4 augen

Mir rutscht eine Flasche aus der Hand, sie zerspringt auf dem Boden. Alle schieben mit den Füßen, genauer mit den Schuhen, Scherben durch die Gegend.

Victoria wischt währenddessen auf meinem Screen herum – mittenrein in meine Notizen und die ›Fragen an Kim‹.

»Oh, die kennt deine Schwester sicher gar nicht, all diese Fragen.« Victoria tut so, als habe sie den Pincode von wer weiß wessen Bankverbindung gefunden. Sie steuert Kim an. Ich lasse es geschehen, weil ich es sowieso nicht ändern kann. Wessen Idee war das, Victoria einzuladen?

Sie liest Kim meine Fragen vor. Erst nach der vierten Frage kapiert Kim, dass sie zur Komplizin von Spott auf meine Kosten gemacht wird. Sie lässt Victoria stehen, holt einen Energydrink, kommt zurück, drückt Victoria die Dose in die Hand und hält die andere Hand auf. Wie ein Lamm legt Victoria mein Telefon hinein. Kim gibt es mir zurück.

»Prost!«, ruft Victoria. »Ich liebe Teenie-Fragen!«

Niemand reagiert.

»Gelöscht«, grinst Victoria, als ich endlich die SMS öffnen will.

»Ich kenne sowieso keinen Timothy«, sage ich und verspüre den dringenden Wunsch, Victoria rauszuschmeißen. Aber den Gefallen tu ich ihr nicht, Drama unter Jugendlichen auf einer Party, Streit um Textnachrichten. Ganz sicher nicht. Nicht mit mir.

›London calling‹ dröhnt aus den Boxen. Kim hat mir einmal den politischen Hintergrund dieses Songs erklärt, irgendetwas mit Kampf der Kohlearbeiter:innen in Großbritannien in den 1980er Jahren. Jetzt kommt sie auf mich zu, zieht mich an einer Hand dahin, wo getanzt wird. Ich springe wie ein Gummiball, Kim auch, das Lied soll nie aufhören.

Es wird schon hell draußen. Noch immer sind zwanzig Leute da, noch immer tanzen welche. Ich lasse mich auf den Sitzsack fallen, liegenbleiben, einen Moment nur. Remi kommt, um sich zu verabschieden.

Er ist der letzte von meinen Freund:innen, niemand sonst darf so lange bleiben. Freund:innen? Freund:innen, irgendwie, friends, ja. Oder so. Leo ist nicht gekommen. Durfte nicht weg aus der WG, hat sie gesimst. Ich trage das Sweatshirt, obwohl oder weil Wrangler draufsteht.

»Ich gehe dann jetzt«, sagt Remi und bleibt stehen.

Ich stehe auf, stelle mich neben Remi, lege meinen Arm um ihn, kann ihn riechen, höre seinen Atem, höre ihn schlucken, ziemlich oft, ich drehe meinen Kopf zu ihm, unsere Gesichter sind einander zugewandt, ich rechne jeden Moment damit, an ihn anzustoßen, irgendwie irgendwo. Was, wenn meine Lippen nicht seine treffen, sondern stattdessen die Nase oder das Kinn?

Tatsächlich. Das sind keine Lippen. Was ist das? Eine Augenhöhle. Remis Augenhöhle. Ich wandere mit den Lippen langsam nach unten, an der Nase vorbei. Auf seine Lippen. Nichts prickelt. Lippen auf Lippen – na und?

Nach einer Zeit öffne ich die Augen, sehe, dass die von Remi noch geschlossen sind. Seine Nase so dicht vor meinem Gesicht, dass ich schiele. Ich weiche behutsam zurück. Jetzt öffnet auch er die Augen. Er sieht aus, als habe der Blitz in ihn eingeschlagen.

Einen Moment lang setzt die Musik aus.

»Gehts jetzt dann los?« Das kann Kim nicht gemeint haben.

Remi und ich lehnen unsere Stirnen aneinander. Die Lippen halten sich zurück, wollen je für sich bleiben.

»Willst du weiter küssen?«, fragt Remi, als die Stirnen schon beginnen, aufeinander Abdrücke zu hinterlassen.

»Ich weiß nicht. Und du?«, sage ich.

»Ich weiß auch nicht«, sagt Remi.

Wir bleiben lange so stehen, Stirn an Stirn, die Augen geschlossen. Aber es wird losgehen, ganz sicher, vielleicht nicht mit Remi. Sondern mit der ganzen Welt.

Was da war gestern auf der Party, auf der ich nicht war, und was vorgestern war und in den letzten Tagen, alles zusammen, nebeneinander, hintereinander, alles zusammen, nur ich nicht. Ich komme nicht zusammen mit allem anderen. Mit allen anderen. Ich komme nicht mehr mit. Ich bleibe, wo ich bin. Bin alleine hier. Glaube ich.

Vierunddreißig

Ich renne, ohne die neue Jacke, aus dem Haus, endlich ist es wärmer, ein leichter Wind. An der nächsten Querstraße fällt mir ein, dass ich den Hausschlüssel vergessen habe. Aber das kann mich jetzt nicht aufhalten. Notfalls warte ich später, bis wer nach Hause kommt, oder gehe zu Zineb. Ich höre das Tappen meiner Schuhe auf dem Boden, fühle den Atem in die Lunge hineinwollen und wieder heraus, ich laufe an all den bekannten Häusern und Straßenecken vorbei.

Ich laufe nicht Richtung Schule, nicht Richtung Zineb oder Remi oder Chan oder Leo, ich laufe ganz woanders hin, weiter, immer weiter, wo ich noch nie war. Jedenfalls hat es noch nie so ausgesehen wie jetzt. Von rechts drei Fahrräder hintereinander, sonst Autos, wohin das Auge schaut, alte Leute, die kleine Hunde spazieren führen, und kleine Männer, die große Hunde auslaufen lassen.

Ich renne über einen Platz, bin schon halb drüber, als mir ein Board vor die Füße fährt. Ich stürze fast drüber, ich schau nach links, nach rechts, weiß nicht, wem das Board gehört, stelle den rechten Fuß drauf, schubse mit dem linken an –

»Ey, stop!«

Ich habe den Platz fast ganz überquert, hinter mir laufen Jugendliche her, die das Board zurückhaben wollen. Der erste hält mich an meinem Sweatshirt fest. Ich bleibe stehen, er auch. Eine andere folgt und noch einer.

Ich trete hinten auf das Brett, es schnellt vorne in die Höhe, ich greife hin, reiche es den Dreien, sage »fährt gut« und laufe weiter. Fühlt sich an wie mindestens Hollywood, ich werde nie mehr aufhören zu laufen. Die drei üben sicher den Rest ihres Lebens, irgendwelche Stufen hinauf- oder hinunterzufahren.

Als ich wieder zu Hause bin, Cliff mir die Tür aufgemacht hat, stelle ich mich im Bad vor den Spiegel, WRAN, und flüstere, damit garantiert niemand mich hört: »Ich hole den Mond vom Himmel. Ich greife nach den Sternen. Ich tanze auf dem Firmament –« Es klopft.

»Jay, jemand an der Tür für dich.«

Ich laufe durch den Flur und rufe schon von Weitem: »Hi, cool brave.«

Prusten auf der anderen Seite. Ich öffne die angelehnte Wohnungstür.

»Wir wollten fragen, wie es Käse und Toast geht.« Chan und Victoria grölen los.

Beide bleiben. Wir hören Musik, Chan macht mir die Haare, mit Extensions in Regenbogenfarben, die sie eigentlich für sich selbst gekauft hatte. Victoria filmt mit.

Test Test Test Test Test

Fünfunddreißig

»Wo sind die anderen?«, flüstere ich, um Mini nicht zu verschrecken.

Mini denkt nach und sagt dann in normaler Zimmerlautstärke: »Einige sind immer da, wenn ich da bin, aber sie zeigen sich nicht immer, sie tauchen auf, wann sie wollen.«

Ich nicke. »Danke für die Auskunft.« Nach einer Pause setze ich nach: »Ich habe noch eine Frage, wenn ich darf.« Ohne die Antwort oder Erlaubnis abzuwarten, frage ich: »Wo ist Leo, wenn du da bist?«

»Wrangler, Wrangler ist eine Jeansmarke, oder?«

»Ja«, sage ich gedehnt und traue mich nicht, Mini anzuschauen, womöglich stattdessen Checker zu sehen. Oder Leo.

Ich sortiere Gummiringe, die auf Leos Tisch auf einem Haufen liegen, nach Farben. Wozu sie so viele Gummiringe braucht, frage ich mich, und ziehe mir von jeder Farbe einen über das linke Handgelenk. Genug zum Spielen für die nächsten Minuten, um nicht doch Blickkontakt aufzunehmen.

Leo stupst mich an: »Was machst du mit den ganzen Gummiringen? Soll das ein Armband werden?«

»Was machst DU mit so vielen Gummiringen? Sie lagen auf deinem Tisch.«

»Braucht ja niemand, so viele, du kannst gerne welche mitnehmen.«

»Leo, ich habe eine SMS von Timothy bekommen.«

»Spielst du mit mir Fangen?«, fragt Mini. Ich nicke. Wir spielen Fangen in dem viel zu engen Raum. Dann zieht Mini mir auch auf das rechte Handgelenk je einen Gummiring in jeder Farbe und strahlt mich an. In mir breitet sich eine große Wärme aus. Nie gab es solch ein Gefühl für Cliffy, als er ein Kleinkind war. Nie gab es solch ein Gefühl überhaupt.

Ich schaue wieder und wieder in das strahlende erwartungsvolle Gesicht, wende zwischendurch den Blick ab, aber Minis Blick bleibt konstant. Die Wärme füllt das ganze Zimmer aus.

Es klopft an der Tür. Sofort verschwindet Mini. Ich sage leise: »Hallo?«

Keine Antwort.

Es klopft wieder.

»Herein«, sagt Leo.

Später, am Abend, zu Hause, fühle ich dieses Gefühl wieder, diese große Wärme, diesen Wunsch, die Arme auszubreiten, so weit es geht. Für Mini. Im Kopf gehe ich die Momente in Leos Zimmer durch, in denen Mini sich quietschend hat fangen lassen. Ein Spiel mit einem Kind, einem kleinen Kind, das gar nicht in dieser betreuten WG wohnt. Und doch dort wohnt.

Wem kann ich das alles erzählen, wer wird mir glauben? Niemand. Punkt. Ich glaube es ja selbst nicht. Aber spüre, dass es wahr ist. Alles ist wahr, was nicht wahr sein kann. Alles.

Jelena Menger. Was weiß sie von Leo? Wie viel wissen Lehrende über ihre Schüler:innen? Eltern getrennt. WG. Und so weiter. Aber weiß Jelena Menger von den Stimmen und so?

Leo und ich werden ihr alles erzählen. Bald, ganz bald. Wir werden ihr abwechselnd alle ›wenn du wenn du wenn du‹ vorlesen. Jelena Menger wird wissen, wie es weitergeht. Sie wird zuhören und ihr Herz auf Sendung stellen und sie wird Leo und mich nicht alleine lassen. Vielleicht wird sie mit Leos Betreuer:innen telefonieren, aber nur, wenn Leo das will, und nur, wenn ich nicht plötzlich vom Hochbett springe, weil eine Stimme mir das sagt. Wo hört Leo auf und wo fange ich an und umgekehrt? Ich muss Leo fragen, ob sie sich das auch schon mal gefragt hat.

Ich wohne in einer betreuten
WG. Nähe Stadtpark. Aber
vielleicht sagte ich das
schon.

Sechsunddreißig

Wir hängen in der WG im Fernseh- und Medienraum ab. Die ständigen Kommentare einiger von Leos Mitbewohnenden sind lähmend unwitzig. Die Sexszenen stressen. Kein Porno, ein ganz normaler Hollywood- oder so Film, Liebesgeschichte. Zu siebt starren wir auf das glückliche Paar. Also die Schauspieler:innen, die Glück spielen. Und Paar. Und Sex. Einfach schweigen scheint für die meisten WG-Kids keine Option zu sein.

Leo steht auf und verlässt den Raum. Ich bleibe noch zehn Minuten und folge ihr dann nach, aber sie ist nicht in ihrem Zimmer. Ich frage eine Betreuerin in der Küche: »Soll ich warten?« Die Betreuerin kann das nicht beantworten.

Ich lehne im Flur an der Wand.

Leo kommt und kommt nicht. Ich verfluche Hollywood und die WG. Leo ist sowieso nicht gut auf die WG zu sprechen. Überhaupt auf die Kinder- und Jugendhilfe. »Helfen gar nicht, die Sozialarbeiter:innen«, hat sie letztens gesagt, als wir wieder einmal vor der Schule an der Straße standen, »machen nur Vorschriften. Und die Betreuer:innen wechseln ständig. Kennen sich nicht aus. Oder nur manche, aber die gehen dann wieder weg. Die anderen bewahren Kinder einfach auf. Wie ein Fundbüro. Niemand wird je abgeholt. Alle verschimmeln.« Oder so.

Ich finde die Betreuer:innen in Ordnung. Wenn sie mir nicht die Tür vor der Nase zuziehen und von Datenschutz reden. Die Jugendhilfe kann Leo und die anderen ja nicht einfach auf die Straße stellen. Wo sollen sie denn hin?

Ich mache mich auf den Weg nach Hause.

Unter meiner Decke liegt mein müder Körper.

hund elf oder zwölf:
der hund schnarcht
obwohl er gar nicht schläft.
seine augen sind offen
wie meine. obwohl ich schlafe.
der hund zählt schafe.

Ich liege rum wie eine alte Zeitung oder Handschuhe, noch feucht vom Regen, oder wie ein weggelegter Apfel, der an einer Stelle schon fault. Komplett leblos. Ich wusste gar nicht, wie müde jemand sein kann.

Tut so, als wäre ich gar nicht da.

Siebenunddreißig

Mit Remi und Zineb im Stadtzentrum. Spontaner Rundruf am Wochenende und dann gemeinsam den Frühling willkommen heißen.

»Mit deinen Eltern kann man immerhin reden«, sagt Remi.

Wenn sie nicht immer so beschäftigt mit sich selber wären, denke ich, und sage: »Meine Mutter zieht die Vorhänge zu, mein Vater macht sie wieder auf, zu, auf, zu, auf. Du hast noch nie etwas von deinen Eltern erzählt, Remi, erzähl auch etwas.«

»Lass uns über etwas Interessanteres reden.«

»Und was?«, hake ich nach.

»Keine Ahnung«, Remi macht ein ratloses Gesicht, »schlag du etwas vor.«

»Sei nicht so langweilig, Remi.«

Er wird blass.

Wir essen reihum Tiramisu aus einer Ein-Liter-Plastikpackung, die auf Zinebs Knien steht. Wir sitzen auf der Gehsteigkante an einer Straßenbahnhaltestelle.

Ich wollte Remi nicht kränken. Zu spät. Jetzt könnte ich erzählen, dass mir die Jacke angezündet wurde, dass ich mich tot gestellt, die Angreifer:innen in die Flucht geschlagen, mich auf dem Boden herumgeworfen und die Flammen erstickt habe. Niemand sonst von meinen Leuten hat das erlebt. Ich suche nach einer packenden Überschrift:

›Schüler:in im Feuer‹

›Tot gestellt gewonnen‹

›Rußspuren auf Hauswand‹

Zineb holt mich nörgelnd zurück auf die Gehsteigkante: »Noch zehn Minuten, bis diese Bim endlich kommt.«

»Ich finde es verbohrt, dass du uns nichts erzählt hast von der Trennung deiner Eltern«, sagt Remi, »also der Wohntrennung.«

»Ich hatte Angst«, lege ich los, »dass andere denken könnten, ich müsse nachts fliehen zu anderen Familien, ein Sozialfall, der anderen etwas neidet, gehässig ist, in der Schule absackt, nächtelang um die Häuser zieht, Drogen nimmt, auf die schiefe Bahn kommt, dann noch binationale Eltern, Kind zerrissen zwischen zwei Kontinenten, insgesamt also ein Riesenproblem.«

»Wow«, ist alles, was Zineb sagt.

»Und was denkt ihr euch so aus?«, frage ich erleichtert. »An Blödsinn, meine ich.«

Remi fährt mit dem Zeigefinger in den Plastikbehälter. Dann sagt er tastend: »Stellt euch vor … stellt euch vor, ich wäre –«

»Tiramisu«, schlägt Zineb vor.

»Nein.« Er lässt sich nicht beirren. »Stellt euch vor, ich wäre ein Löffel.«

»Und ich ein Messer und du eine Gabel, Jay.«

Ich entscheide mich für einen Kartoffelschäler statt einer Gabel. Die Tiramisu-Box rutscht von Zinebs Knie. Kurz schauen wir alle auf den braun-gelben Gatsch am Boden. Dann steckt Remi seine Schuhspitze in das Tiramisu. »Stellt euch vor, wir stecken alle drei in einem Spülmaschinenbesteckkorb und werden heiß geduscht.«

»Oder wir stecken alle drei im Tiramisu und wenn es aufgegessen ist, liegen wir herum.«

»Was tut ein Kartoffelschäler im Tiramisu?«

»Egal, später kommen wir in eine Besteckschublade.«

»Aber alle in ein Fach. Aufeinander.«

Zineb beginnt auch, das Tiramisu mit ihrem Schuh zu bearbeiten. Remi schaut von ihr zu mir, dann wieder auf den Tiramisu-Matsch. Die Straßenbahn kommt. Wir erheben uns von der Gehsteigkante und treten zurück.

Ein Fahrrad, das noch schnell zwischen uns und der Straßenbahn vorbeizischt, fährt das Tiramisu gänzlich platt. Dann stehen wir in der Bahn und schauen möglichst beiläufig hinaus.

Ich stelle mir vor, wie Remi fieberhaft überlegt, ob ich oder Zineb jetzt denken, er sei verliebt. In eine von uns. Oder beide. Ich stelle mir vor, wie Zineb, Remi und ich aufeinanderliegen. Und Victoria auch. Zuunterst. Und auf mir Leo. Dann schiebe ich die Gedanken weg. Und wieder her. Und wieder weg. Und her.

Irgendwann wechselt Leo zu Checker, der hält sich nicht an die gewohnte Rolle, sondern kuschelt sich dazu. Gestapeltes zusammen Atmen. Mitstreicheln. Vergessen, wem welche Hand gehört. Gemeinsam viele Hände haben. Wir alle. Hier.

Zineb unterbricht meine Tagträume, wirft mir vor, oberflächlich zu sein. Ob ich denn meine Eltern nicht möge. Die würden doch nicht nur Vorhänge auf- und zuziehen. Sie, Zineb, heiße nach ihrer Großtante. Niemand habe diese Tante leiden können in der Familie damals, und trotzdem hätten Zinebs Eltern sie nach ihr benannt. Seitdem dächten alle, sie, Zineb, sei Türkin. »Ich spreche kein Wort türkisch, nur sevgi, heißt Liebe, das weiß ich, sevgi klingt viel besser als love, wenn du mich fragst. Aber du fragst mich ja nicht, du meldest dich nicht mal mehr, du –«

»Hör auf, Zineb, bitte.«

»Bist du verliebt?«

»Ja.«

»Oh nein.«

Ich bedanke mich für die Anteilnahme und relativiere: »Wahrscheinlich bin ich gar nicht wirklich verliebt. Reden wir lieber weiter über komplizierte Namensgebungen und mögliche Vorgefahrene, ich meine Vorerfahrene, Vor… – was auch immer.«

Wir schauen uns an, ohne uns anzuschauen. Ich biete Zineb nach einer schieren Ewigkeit Gummibärchen an, die ich in meiner Tasche ganz vergessen hatte. Zineb nimmt zwei grüne. Remi nimmt sich auch welche. Zineb gräbt in der Packung nach weiteren grünen, findet aber keines mehr. »Ich mag nur grün. Und du?«

»Alle.«

»Also.«

Ich warne Zineb davor, Victoria von dem Gespräch zu erzählen. Es reicht, wenn sie und Chan sich nach Käse und Toast erkundigen.

Remi hat es plötzlich eilig, steigt aus, obwohl es noch nicht seine Haltestelle ist. Nicht einmal in der Nähe seiner Station, »Ciao.«

Ich rufe Remi hinterher: »Du siehst nicht aus wie ein Löffel.«

»Und du nicht wie ein Kartoffelschäler«, ruft er von draußen, ohne sich umzusehen. Dann schließt die Tür.

Achtunddreißig

kim fehlt. an allen ecken und enden. viel mehr als pa

Absatz. Nächste Zeile.

warum eigentlich nicht remi? er ist ein guter freund, ein guter? mein bester? mein einziger? er ist ein freund. er ist zur stelle, wenn ich ihn brauche. aber brauche ich ihn? wofür? egal, er wäre zur stelle, wenn ich ihn bräuchte. er sieht gut aus. nicht weltbewegend. aber gut. nett. offen. er ist schlau. er wird rot, wenn wir uns treffen. nicht immer. aber immer öfter. er mag mich. glaube ich. er freut sich, wenn er mich sieht. so schaut es jedenfalls aus. ich freue mich, wenn ich ihn sehe. außer, ich will lieber jemand anderen sehen. womit ich wieder beim anfang wäre. was spricht gegen remi? dass alles für ihn spricht? ich stelle mir nie vor, ihn noch einmal zu küssen. ich stelle mir gar nichts vor. nichts los, immer dasselbe

sichern?, fragt das Programm.

Nicht sichern.

Ich sitze an Ma's Rechner. Mein Telefon piepst, SMS von Kim:

nadja haut ab nach holland, ich mach mit ein paar leuten ein abschiedsfest für sie im aktionsbüro. nehm dich mit, wenn du willst. eine muss die jüngste sein, also keine ausrede. mit mir darfst du sicher länger wegbleiben. bis bald

Meine Finger fliegen über die Tasten:

hund zwölf:
ein hund zog um
wumm
alle sagten
oh wie schön, oh wie neu, schau

wau wau wau wau wau wau wau wau wau wau wau wau wau wau wau
wau wau wau wau
der hund bellte tag und nacht
das haben die nachbar:innen nicht mitgemacht
also sind alle wieder ausgezogen
aus dem neuen haus
und zurück
was für ein glück
für den hund
ins alte haus
aus

Ich fühle mich allein, aber nicht verlassen. Komisch, dass das gleichzeitig möglich ist. Ich gehe in mein Zimmer, setze mich auf den Sitzsack, unter mein altes Hochbett, das im neuen Zimmer falsch aussieht.

Ich frage mich, wieso meine Familie die alte Wohnung hat neu ausmalen lassen, so kurz vor der Trennung. Was für eine überflüssige Aktion. Als hätte ich es vorher gewusst, habe ich mein Zimmer nicht frisch gepinselt für irgendwelche Nachmieter:innen.

Der Reis, mit dem der Sack gefüllt ist, knirscht vor sich hin. Ich lehne den Kopf an die Wand. Höre auf die noch nicht vertrauten Geräusche. Cliff macht sich in der Küche etwas zu essen, die Kühlschranktür geht auf und zu, auf und zu. Und noch einmal.

Ich strecke mich, schaue an mir herunter, die merkwürdige Hose, zu kurz, Cord, die nackten Füße. Und lehne wieder den Kopf an die Wand, schließe die Augen.

Cliff kommt herein, meine Augen bleiben geschlossen, der Kleine geht wortlos wieder, schließt die Tür. Wo bleibt das Gefühl von labbrigem Käse zwischen zwei Toastscheiben. Die Augen immer noch geschlossen ziehe ich die Füße näher zu mir heran, auf den Sitzsack. Ich muss meinen Körper zusammenhalten, sonst fliegt er weg. Ich muss den Mund öffnen, damit die Luft herauskann und mein Brustkorb nicht zerspringt. Hätte ich nicht meine Füße in den Händen und die Wand im Rücken, wäre ich nicht sicher, einfach abzuheben.

Erst, als Cliff noch einmal ohne anzuklopfen hereinkommt und »Kann ich dein Ladekabel borgen?« fragt, öffne ich die Augen. Vielleicht sind fünf Minuten vergangen, vielleicht fünf Stunden. Er wartet keine Antwort ab, sucht auf meinem Tisch und in der noch unausgepackten Kiste mit meinen Schulsachen herum, findet das Kabel und ist wieder zur Tür hinaus.

Ich schaue ihm nach. Dann rutsche ich auf dem Boden durchs Zimmer, fische mit den Füßen das Telefon vom Tisch, bleibe auf dem Rücken liegen und schreibe: können eltern unwichtig sein? was meint ihr?

Zinebs Antwort lässt nicht lange auf sich warten: yes

Ein paar Minuten später Victoria: eltern? haben uns nur zufällig gezeugt.

gehst du mit pizza essen, um 6 bei turino

j_a

Noch einmal Victoria: wann hört diese simserei auf? komm zurück

Von Leo keine Nachricht.

e.l.t.e.r.n.: was genau soll das sein? Remis Antwort.

Dann doch Leo. Nicht Timothy. Nicht Prinz Robert. Sondern Leo. Keine Nachricht, sondern sie ruft mich an.

Ich erzähle ihr von Ma und Pa und dass die beiden jetzt öfter etwas miteinander unternehmen und dass der blaue Teppich bei Ma und Cliff und mir gelandet ist und dass Cliff und ich in der neuen Wohnung manchmal gemeinsam backen und danach einen Film anschauen oder umgekehrt und dass er mir jedes Mal ein Rätsel aufgibt und ich es nie löse.

Und dann erzählt Leo von einem Ausflug mit der WG und dass ihre Therapeutin auch umzieht und dass ich eine Serie schreiben soll mit einem Hund, der Dissoziationen hat. Sie erklärt mir, wie ihre Therapeutin ihr das erklärt hat: »Wenn man Erlebnisse wie schwere Gewalt oder einen Unfall nicht aushalten und verarbeiten kann, dann spaltet das Gehirn sie ab. Sie sind wie gelöscht. Man wacht zum Beispiel im Spital auf und kann sich nicht erinnern, wie man dorthin gekommen ist.«

»Was soll das für eine Serie werden?«, frage ich.

»So wie die vom Hundebesteck«, antwortet Leo.

Wir fangen an, eine Handlung zu erfinden, und hören erst auf, als mein Akku leer ist und ich das Ladekabel nicht finde.

Die gelbe Jacke fehlt. Niemand konnte
sie übersehen. Sie hat mich beschützt.
Sie war teuer. Sie hat uns allen gehört.
Sie war unsere Schnittmenge.

Neununddreißig

Beim Frühstück, zwischen Toast, Ugali und Zitronentee fällt mir auf, dass Ma anders aussieht. Dasselbe Tuch um die Haare gewickelt wie oft, gleicher Wrapper wie jeden Morgen, unter der linken Achsel zusammengesteckt, Schlafsocken wie immer, wenn es nachts noch kühl ist, irgendwas zu lesen vor sich auf dem Tisch wie meistens um diese Zeit, und trotzdem.

»Was ist?« Ma merkt, dass ich sie anschaue.

»Nichts.«

»Nichts?«

»Nichts.«

Das kann kein Mensch in Worte fassen, am wenigsten ein fast fünfzehnjähriges Kind. Ich nehme Ma's Hand und lege sie mir auf den Kopf. Ma schaut etwas erstaunt auf, lässt die Hand auf meinen Haaren herumwandern. Das darf nur sie. Nur jetzt. Ich habe mich nicht getäuscht. Ma schaut anders aus. Vielleicht könnte man sagen neuer. Oder glücklicher. Oder mehr Ma. Oder Zoe. So heißt sie nämlich.

Auf ihrem Smartphone zeige ich Ma den Blog von WRONGGGRRR*. Sie nickt und zeigt mir WRONGGGRRR* in ihren Lesezeichen. Ein guter Morgen dieser Morgen. Er füllt den Raum aus. Der Vorhang ist zwar zugezogen – klar – aber er hält den Morgen nicht auf.

Vierzig

»Was wissen deine Leute von mir?«, fragt Leo beiläufig, während sie meine Hand in ihre nimmt und beide Hände in ihre Fleece-Westentasche schiebt. Ich weiß im selben Moment nicht, was die Frage war, spüre nur noch unsere Hände. Wir sind unterwegs Richtung irgendwo.

»Ich meine nicht deine Familie, sondern die anderen, du weißt schon«, setzt Leo nach, »wissen sie, dass du mit mir zum Beispiel etwas anders ›Ostern feierst‹?«

»Nein.« Punkt. Ich schaffe gerade ein ›Nein.‹ Für mehr reicht die Luft nicht aus. Die ist gerade dünn in der Umlaufbahn, in der ich mich schwerelos herumfliegen fühle. Senkrechtstart im Flattern. Aber ich kann nicht wirklich flattern, weil meine Hand in der Hand in Leos Westentasche ist.

»Was denken sie, wo du jetzt gerade bist und was du machst?« Leo lässt nicht locker.

»Ich will nicht über die anderen reden«, antworte ich und staune über die Festigkeit meiner Stimme. Leos Hand hält meine Hand noch fester. Nie mehr raus aus dieser Tasche, nie mehr die rechte Hand für etwas anderes brauchen als dafür, in der warmen energischen Hand von Leo zu liegen. Wir gehen kreuz und quer durch die Straßen.

Irgendwann wurschtelt Leo das Händepaket aus ihrer Westentasche heraus und lässt meine Hand los. Die hängt am Ende des Arms herunter und prickelt. Jetzt wacht die Hand auf und weiß nicht, wozu sie gut sein könnte. Verlegen fischt sie Kleingeld aus der hinteren Hosentasche, gerade genug für eine Packung Gummibärchen. Wo im Himmel hier Süßigkeiten auftreiben?

Ich stehe an einer roten Ampel irgendwo in der Stadt, wo ich noch nie war. Ich habe nicht aufgepasst, wie wir dorthin gekommen ist. Einfach

Leo nach, die neben mir steht, als sei alles wie immer. Weit und breit kein Supermarkt und keine Würstchenbude.

Bevor ich Gummibärchen Gummibärchen sein lasse, ist Leo schon über die noch immer rote Ampel gelaufen, dreht sich um, winkt mir, ich solle nachkommen, und verschwindet in der nächsten Querstraße.

Vier Grün- und Rotphasen lang bleibe ich wie angewurzelt stehen. Dann schicke ich ihr eine SMS. Eine Art Einladung. Zu mir nach Hause. Am nächsten Tag nach der Schule. Drei Mal vertippe ich mich.

Einundvierzig

Tatsächlich: Sie hat meine Nachricht gelesen. Und ist da. Bei mir. Wir ziehen uns ein paar Folgen einer Serie rein, oben auf dem Hochbett, dann liegen wir lange einfach da auf meiner Bettdecke.

Es ist Abend geworden. Ich suche die Muster an der Decke, aber dieses neue Zimmer ist anders als das alte. Die Nachttischlampe ist noch in irgendeiner Kiste, also gibt es keine Schattenmuster an der Decke. Ich höre Leos Herz schlagen. Oder ist es meins?

Unsere Hände sind nicht in der Tasche ihrer orange-blauen Weste, sondern liegen zwischen uns, ineinander verschränkt. So viel Leo war noch nie.

Irgendwann zieht sie unser Händepaket nach oben Richtung Decke. Mit dem Zeigefinger ihrer freien Hand schreibt sie etwas auf mein Handgelenk. Ich glaube, sie schreibt HALLO.

Mir fällt das erste Mal auf, dass ich kein Durchgangszimmer mehr habe. Mir fällt so vieles auf. Minutenlang, stundenlang. Bis mir die Augen zufallen.

Ich wache auf, weil mir kalt ist. Ich liege noch immer angezogen auf der Bettdecke. Leo ist nicht mehr da.

Ich drehe mich auf die Seite, hänge den Kopf über den Bettrand. Es ist nicht ganz dunkel, weil irgendwo ein Auto steht, dessen Scheinwerferlicht sich an meine Zimmerwand wirft. Ich steige die Leiter hinunter und mache das große Licht an.

Das Wrangler-Sweatshirt liegt auf dem Boden. In zwei Teilen. Der Schriftzug fehlt, WRAN GLER ist weggeschnitten, vorne und hinten. Ein Pulli mit einer großen Lücke. Kein Pulli mehr.

Ich klettere wieder auf das Hochbett, ziehe die Decke und den Polster herunter und gehe durch den schmalen Vorraum in unser noch ziemlich leeres Wohnzimmer.

Ma sieht mich erstaunt an. Sie ist noch wach und schaut einen Film. Ich lege mich auf das Sofa, vor dem der blaue Teppich liegt. Ma geht in die Küche. Nach einer kleinen Weile kommt sie mit einem Becher mit heißem Kakao für mich zurück.

Zweiundvierzig

Zineb und ich und alle anderen trudeln zum Deutschunterricht ein. Leo ist schon da. Schon von der Tür aus sehe ich etwas auf meinem Tisch liegen. So langsam habe ich mich noch nie durch den Klassenraum bewegt. Zeit gewinnen. Es ist ein kleines Stück Stoff. Ich stecke es in die Hosentasche. Dabei spüre ich, dass in den Stoff etwas noch Kleineres eingewickelt ist.

Jelena Menger kommt herein. Sie verkündet, kaum hat sie die Tür zugezogen, dass sie unsere Schule verlassen und nach Belgrad umziehen wird. Dass sie nicht vorhatte, mitten im Schuljahr zu gehen, aber dass die Entscheidung nicht nur von ihr abhänge und es jetzt also so sei. Dass sie uns vermissen werde.

Es sei alles sehr plötzlich, dafür entschuldige sie sich. Statt zu unterrichten, lade sie uns alle ins Café im Altersheim ein. Da sei zu dieser Zeit kaum Betrieb, wir hätten das Café also quasi für uns.

Hat sie sich in eine:n Schüler:in verliebt, ist sie schwer krank, lebt sie in Trennung, will sie eine sterbende Angehörige oder nahestehende Person pflegen, hat sie Depressionen, ein Kind verloren, sich nach Belgrad verliebt, einen Politiker entführt, im Lotto gewonnen??? Ich dachte, ich kenne sie gut. Nie wieder werde ich diese Zeitschriften von Zineb durchblättern aus Angst, meine Deutschlehrerin darin zu finden. Inklusive Drama. Wäre nur alles ganz normal unspektakulär, durchschnittlich.

Chan reagiert als erste und will die Gründe wissen. Jelena Menger hat die Chance, eine neu eröffnete Schule für Literatur zu leiten. Es sei eine einzigartige Möglichkeit für sie. Beteuert sie. Sie hat sich von uns wegbeworben. Ich kriege die Gründe, wieso jetzt alles so schnell geht, nicht mehr mit. Sie hat etwas Besseres vor, als uns zu unterrichten. So schauts aus.

Leo sagt irgendwann, dass sie mal in Belgrad war. Und dann nichts mehr.

Als Zineb, Remi und ich nach allen anderen den Raum verlassen, steht »Adio güle güle tschüss ciao arrividerci« auf der Tafel. Ich wische es mit dem viel zu nassen Schwamm weg.

Schreiben ist nicht meins. Egal jetzt.

Ohne mich wäre alles längst zu Ende.

Dreiundvierzig

Zineb spielt auf ihrem Smartphone. Ich bin tief eingesunken in Zinebs Kissenlandschaft und ganz woanders mit meinen Gedanken: Einfach nicht mehr da, jeden Wochentag auf den Schulgängen oder jedenfalls montags und donnerstags in den Deutschstunden, einfach weg aus meinem Leben: Jelena Menger.

Nie mehr Schule, ich gehe nicht mehr hin, beschließe ich. Überhaupt bräuchte es einen Pausenknopf, freeze, zum Atem-Holen, Nachdenken, so viel los. Es bräuchte mehr Leerlauf, einfach Nichts.

Es knallt. Ich jaule auf.

»Das ist die Balkontür«, murmelt Zineb und legt das Telefon weg. Dann beginne ich zu erzählen. Von den beiden mit dem Feuerzeug und der Anzeige gegen zwei Mal unbekannt, von der neuen Wohnung und und und. Nur von Leo nicht.

Als ich leer erzählt bin, wartet Zineb eine gewichtige Pause ab und teilt dann ihrerseits mit: »Wenn du mir nicht endlich erzählst, in wen du verliebt bist, wars das mit unserer Freundschaft. Wessen HALLO trägst du neuerdings an deinem Handgelenk? Sag jetzt nicht, das ist das Werbegeschenk einer Handyfirma.«

Ich suche nach Worten, ich werde ihr alles erzählen, ich –

»Victoria und Remi sind zusammen«, sagt Zineb ungeduldig.

Ohne darauf zu reagieren, suche ich meine Schuhe unter den Kissen, ziehe sie an und meine Jacke.

»Hast du eigentlich eine neue Jacke?«

Hat Zineb mir überhaupt zugehört?

Ich murmle ein knappes »Ja.« Dann stehe ich unschlüssig herum.

Nicht einmal Mimmi ist da, um sich streicheln zu lassen. »Wo ist eigentlich Mimmi?«

»Mimmi? Mimmi!!!«

Zwei Stunden und sämtliche Straßen des Viertels später gebe ich auf, ich kann keinen weiteren Meter mit der atemlosen Zineb mehr mithalten. »Gib sofort Bescheid, wenn es etwas Neues gibt. Mimmi kommt bestimmt heute noch zurück.«

Zu Hause weiß Ma schon, dass Jelena Menger die Schule verlassen hat, »von einem Tag auf den anderen?«

Ich will nicht darüber reden, nicht mit Ma.

»Zinebs Hund ist verschwunden.«

»Was ist denn los an deiner Schule?«, hakt Ma nach, ohne auf Mimmi einzugehen. »Erst die Sache mit der Jacke und jetzt deine Lehrerin. Muss ich mir Sorgen machen?«

›Ja‹ will ich sagen, aber ich sage nichts. Alles ist besser als Ma's Sorgen.

Cliff kommt herein.

»Anklopfen, du Papp-Pürat, ein für alle Mal.«

»Als ich geschlafwandelt habe, wäre ich fast gestorben, oder?«

»Jedenfalls wärst du aus dem Fenster gefallen und das war verdammt hoch.«

»Manchmal überleben welche, die schlafwandeln, weil sie schlafen und ganz locker sind.«

»Hättest du es gern ausprobiert oder warum kommst du jetzt damit?«

Er lässt sich nicht abschütteln, »Erzählst du sie mir noch einmal, die Geschichte?«

Ich mache ihn darauf aufmerksam, dass es sich um keine Geschichte handelt, sondern um eine reale Situation aus unser beider Leben.

»Das weiß ich doch.«

»Ich habe andere Sorgen, Cliffy.«

»Und welche?«

»Mimmi, Zinebs Hund, ist nicht mehr da.«

Cliff wartet einen Moment, dann sagt er: »Kim hat uns vergessen, glaube ich.«

»Na und.«

»Ist Mimmi tot?«

»Das ist mir egal.«

»Wenn Mimmi tot ist?«

»Jaaaaaaa.«

Als er schon draußen im Vorraum ist, rufe ich ihm nach: »Glaub doch nicht alles!«

Cliff antwortet: »Ich bin nicht so blöd.«

Ich schließe die Zimmertür von innen.

Vierundvierzig

»Ich kann mich nicht erinnern, was war«, sagt Leo, »du kannst es mir noch fünf Mal erzählen. Ich glaube dir, was du erzählst, es tut mir leid, ich weiß es aber nicht mehr.«

»Aber es war vorvorgestern, nur zwei Nächte dazwischen«, beharre ich.

Leo winkt ab, genervt.

Ich bin auch genervt.

Wir sagen beide einen ewigen Moment lang nichts. Die Bank auf dem Spielplatz, auf der wir seit fast einer Stunde sitzen, wirkt plötzlich viel zu groß für uns.

»Du glaubst mir nicht.« Mit dieser Feststellung beendet Leo die Situation, steht auf und geht zu dem alten Klapprad, das ihre WG-Leute ihr organisiert haben und das an einem Baum am Rand des Spielplatzes lehnt.

Es stimmt. Ich glaube ihr nicht. Oder kann mir zumindest keinen Reim darauf machen, dass sie sich partout nicht daran erinnern kann, dass wir vorvorgestern Serien bei mir geschaut haben, auf dem Hochbett lagen, uns gehalten haben und sie dann weg war. Von dem Wrangler-Sweatshirt sage ich nichts.

Wieso ist sie heute zum Spielplatz gekommen, guter Laune, offen, best of Leo? Kein klärendes Gespräch gesucht, keinen Rückzieher gemacht, nicht relativiert. Aber nichts mehr gewusst. Leo kommt noch einmal zurück zur Bank.

»Wie hat es sich angefühlt?«, fragt sie.

Ich bin nicht bereit zu antworten.

Sie geht schaukeln.

»Gut!«, rufe ich, antworte also doch.

Sie schaukelt höher. »Ich meine – wie sich alles angefühlt hat.« Sie schaukelt weiter.

Ich stehe auf und setze mich auf die zweite Schaukel, schaukle aber nicht.

Irgendwann stoppt sie mit den Füßen die Schaukel ab, kommt zu meiner Schaukel und stellt sich hinter mich.

Ich halte ihr mein Handgelenk mit dem Armband hin: HALLO.

Die Mutter zweier Kleinkinder beschwert sich lautstark, hier sei ein Spielplatz und kein Platz für Jugendliche zum Herumlungern, wir sollten uns vertschüssen. Also ziehen wir ab.

Als wir die Räder Richtung Ausgang schieben, sagt Leo: »Erzählst du mir morgen, was heute war, falls ich es nicht mehr weiß?«

»Was soll ich erzählen?«

»Alles.«

»Mir wäre lieber, wenn du das morgen selbst noch weißt.«

»Das wäre mir auch lieber, Wrangler.«

»Vielleicht hast du Alzheimer für Jugendliche. Diese Krankheit, bei der du alles vergisst. Und nicht Dissonanzen, ich meine, wie heißt das, Dissertationen, Dis-«

»Dissoziationen. Mach dir keinen Stress«, sagt sie.

»Wie war es?«, will ich wissen. »Jetzt.«

»Schön. Wieso?«

»Nur so.«

»Falls ich es wieder vergesse?« Leo schaut sich um, zieht die Schultern hoch, sagt: »Und für dich?«

Mir fällt nichts ein, das passt. Wörter. Ehrlich, im entscheidenden Moment lassen sie dich hängen. Eigentlich war ja: Nichts. Aber eigentlich war: Alles.

Wir schieben die Räder durch das kleine Tor, steigen auf und fahren los. Nebeneinander die Straße entlang, bis sich an der nächsten Kreuzung unsere Wege trennen. Wir winken einander kurz zu.

Gerade als ich die Wohnungstür aufschließe, erreicht mich Zinebs Nachricht: polizei hat keine meldung über unfall mit hund. hoffnung! aber wo ist sie??? no more tears left

immer dasselbe. tagein, tagaus. nichts passiert. so konnte das nicht weitergehen. ich musste mal etwas anderes sehen als den immer gleichen häuserblock, den immer gleichen rinnstein, die schon vollgeschissenen grünflächen und in den ferien deine tante. ich versteh kein wort, wenn sie auf mich einredet, und weiß nicht, ob ich darüber erleichtert sein soll. in deinem bett ist es mir zu eng, besonders, seit du so viel gewachsen bist. deswegen bin ich abgehauen. vergiss nicht, zineb, ich bin und bleibe ein hund, dein hund, aber es gibt grenzen der geduld. mimmi

Speichern unter hund dreizehn.

Mail an Jelena Menger. Es sollte eine kurze Nachricht werden, um ihr zu sagen, dass es der Klasse gut geht. Das schreibe ich. Es klingt wie ein behördliches Dokument. Ich tippe einfach weiter. Über Hundebesteck und Stiche in Herzen und Zuhören und Stimmen und Fragezeichen und schwebende und liegende Personen auf Bildern und dass Schule ohne sie nicht in Ordnung ist und dass ich hoffe, dass sie in Ordnung ist, und dass ich zu jung und überhaupt Schüler:in bin, aber dass sie manchmal unüberwindbare Hürden zu überwindbaren Hürden gemacht hat und dass ich kein Ende finde, weil ich nicht verstehe, wieso es eines geben soll, und alles Mögliche schreibe ich nicht, aber immer wieder liebe Jelena Menger, dann lösche ich die zu vielen ›liebe Jelena Menger‹ und schicke jetzt diese Mail ab, ich unterschreibe noch mit Jay und vielen Grüßen und J_A, DANKE in Großbuchstaben und Glück auch für sie und jetzt aber wirklich senden, warten, gesendet, an j.menger@ und so weiter.

Ich packe.

Fünfundvierzig

Kim hat uns aus ihrem Leben gestrichen. Ich habe es gewusst. Es würde so werden und so ist es nun. Kim interessiert sich nicht für mich, Kim hat Wichtigeres zu tun, Kim hat Nadja, Kim hat ihr geschwisterloses Leben, Kim hat nur darauf gewartet, Cliff und mich abzuwerfen, überhaupt die ganze Familie, auch bei Pa ist sie nicht eingezogen, sondern hat sich dann doch gleich eine eigene kleine Wohnung gesucht, und einen Job, um die Miete zu zahlen, also hat sie sowieso nie mehr Zeit, Kim ist auf und davon, von der Party für Nadja keine Rede mehr.

Aber ich lasse mich nicht abhängen. Ich breche auf, nehme den direktesten Weg und radle schnell, es ist schon Abend und wenig Verkehr.

Erst nach dem fünften Läuten surrt der Türsummer. Kim ist zu Hause. Doch. An der Wohnungstür nocheinmal dasselbe. Endlich öffnet Kim die Tür. »Was soll das? Ich will niemanden sehen.« Ohne zu antworten oder eine Einladung abzuwarten, gehe ich an ihr vorbei in den unbeleuchteten Vorraum und weiter in die kleine Küche. Geschirr stapelt sich in der Spüle. Es riecht nach Kaffee.

»Was das soll, habe ich gefragt.«

»Servier mich nicht so ab, ich bin kein leer gegessener Teller.«

Nach einer Pause sagt Kim: »Das hätte ich auch sagen sollen.«

»Zu mir?«

»Quatsch.«

Ich stehe unschlüssig am Küchenfenster, mache es auf und zu, auf und zu, als würde ich die Mechanik testen. Kim verlässt die Küche. Ich mache das Fenster endgültig auf, ein angenehmer leichter Wind weht herein. Eine Dose gesalzene Erdnüsse steht auf einem schmalen Regal. Ich setze mich auf die einzige Sitzgelegenheit, einen Hocker mit drei Leiterstufen zum Ausklappen, und esse langsam die Dose leer. Schaue hinaus auf den neonblau leuchtenden Schriftzug eines Fitnessstudios, das mit Tiefstpreisen wirbt.

Nach einigem Kratzen ziehe ich das Etikett von der Erdnussdose und klebe es auf die Unterseite der zweiten Leiterstufe. Ziehe es wieder ab. Klebe es mir aufs Handgelenk, ziehe es wieder ab.

Ich will die Mischung aus Salz und Fett im Mund loswerden und fische einen Apfel aus einem hängenden Obstkorb, wie wir einen in der alten Wohnung hatten, heraus, und beiße in den Apfel hinein. Schließe das Fenster, klebe das Erdnussetikett auf die Scheibe. Erdnüsse zwischen den parkenden Autos, wenn ich die Augen zusammenkneife.

Der Apfel schmeckt mehlig. Trotzdem esse ich ihn ganz, mit Ausnahme des Stiels, öffne das Fenster und werfe den Stiel hinaus, stelle mir vor, wie einer unten entlanggehenden Person der Stiel auf den Kopf fällt. Ich lehne mich aus dem Fenster und schaue hinunter. Weit und breit niemand auf dem Gehsteig vor Kims Haus. Ich sehe den Stiel mit bloßem Auge von so weit oben nicht. Schließe das Fenster wieder.

Mit dem rechten Mittelfinger tippe ich Salzkörner aus der Dose auf und lege sie mir auf die Zunge. Ich habe immer noch die Jacke an, mir ist heiß. Aber ich ziehe sie nicht aus. Leo hat gefragt, wo mein Wrangler-Pulli ist. Ich habe nichts gesagt. Die Reste vom Pulli hebe ich auf. Wer weiß. Vielleicht werden sie noch gebraucht.

»Komm mit oder bleib hier!«, ruft Kim aus dem Vorraum. Ich frage nicht, wohin. Ich höre Kim den Reißverschluss der Tasche und dann den der Jacke zuziehen und folge ihr wortlos ins Treppenhaus. Schweigend gehen wir zur Bushaltestelle zwei Häuserblocks entfernt und steigen, wir müssen nicht lange warten, in den Bus ein.

Kim setzt sich hin, ich bleibe im Mittelteil an eine Haltestange gelehnt stehen. Wir fahren sieben Stationen, der Bus ist fast ganz leer. Als Kim aussteigt, folge ich ihr wieder, und wir gehen ein Stück zu Fuß durch eine weitläufige Siedlung.

Jetzt erst erkenne ich die Häuser wieder. Im Mondlicht sah alles ganz anders aus. Wie lang ist das her? Wir biegen hinter den Mülltonnen ein und stehen vor Nadjas Elternhaus.

»Ist Nadja wieder zu Hause?«, frage ich und möchte mir im selben Moment die Zunge abbeißen. Nach so viel Nichtreden als erstes solch eine Babyfrage, Kinderkacke.

Niemand öffnet, obwohl Kim geradezu auf der Klingel steht. Auch auf Kims Anruf kommt keine Reaktion. »Ich mache den ganzen Scheiß mit, hänge mich da rein und dann versöhnt sich Nadja wieder mit ›ihrer Mama und ihrem Papa‹, die Party fällt flach, weil sie gar nicht nach Holland abhaut, auf meine Party ist sie auch nicht gekommen, keine Zeit, hat sich verliebt von jetzt auf gleich, wie ausgewechselt, die ganze Person, meldet sich nicht mehr, nichts.«

Kim drischt auf dem Weg zurück zur Bushaltestelle einem roten SUV, der ihr beim Abbiegen fast über die Füße fährt, mit der ausgestreckten Hand aufs Dach. Das Auto bleibt stehen. »Seid ihr noch bei Trost?«, ruft es aus der aufgerissenen Tür. Wir reagieren nicht einmal.

Auf der Busfahrt zurück schweigen wir. Vor Kims Haustür sage ich »Bis bald.« Ich schließe mein Fahrradschloss auf und winke kurz hinüber zu Kim, die vor der Haustür wartet. Kim winkt zurück. Mein Telefon läutet. Kim wartet noch immer.

Ich war noch nie auf einer psychiatrischen Station in einem Krankenhaus. Jedes Schild muss ich lesen und jeden Aushang an den Wänden, ich kann die Sachen nicht nicht lesen.

Extrem viel Neonlicht überall. Und Bitte-nicht-rauchen-Schilder, Termine für Vorträge und Bewegungstherapie, Fotos und Namen und Titel der Leute, die auf der Station arbeiten. Echt viele. Der Speiseplan der aktuellen Woche, klingt eigentlich ziemlich gut, Notrufnummern, ein Brandschutzplan, ein Plan aller Zimmer der Station und ein Notausgangsleuchtschild.

Ich habe mir eine Psychiatriestation ganz anders vorgestellt, dramatischer, besonderer, jedenfalls nicht ein Gang wie auf jeder x-beliebigen

Station in einem Krankenhaus. Wo ich wohl untergebracht würde, wenn ich hier auf der Station wäre. Mein Biolehrer fällt mir ein … trans*, inter*, nicht-binär. Wie lang ist das her? Ewig. So viel NICHTS und so VIEL dazwischen.

Hier gibt es nur Zimmer für Frauen und für Männer. Unvorstellbar in diesem Gang, dass es einen nicht definierten Raum gibt. Nur das barrierefreie WC scheint neutral, jedenfalls gibt es weder ein Icon mit Rock noch eines mit Hose.

Ich warte auf Leo. Sie selbst hat ihre Bezugsbetreuerin gebeten, mich anzurufen und zu sagen, wo sie ist. Also. Nix Datenschutz. Geht doch.

Kim kommt aus der Bäckerei am Eingang des Krankenhauses nach und hält mir ein Eibrötchen hin, mit Schnittlauch, und einen Eistee. Sie ist mit mir hierhergekommen, spontan, nach unserer Tour zu Nadja und zurück, Kim hat Hunger, sie ist da. Für mich.

Leo kommt aus einem Zimmer auf den Gang heraus und setzt sich zu uns in die Sitzgruppe braun-beige bezogener Stühle mit einem Tisch in der Mitte, auf dem ein Blutdruckmessgerät steht.

»Das ist Kim, meine Schwester.«

»Hallo Kim.«

»Hallo.«

Ich vergesse, Leo vorzustellen, aber es ist sowieso klar, dass sie Leo ist, von der ich Kim auf dem Weg hierher erzählt habe. Alles erzählt habe, was ich bisher niemandem erzählt habe. Kim hat kein einziges Mal gefragt, ob es jetzt losgegangen sei. Sie hat einfach zugehört. Manchmal nachgefragt. Sonst nichts.

Und sie ist mitgekommen. Hierher. Und sie hat mich nicht für eine:n Geschichtenerzähler:in gehalten. Vielleicht hat sie mir nicht geglaubt. Aber sie hat mir auch nicht nicht geglaubt.

Kim reicht Leo einen rechteckigen Pappteller, wie für Würstchen, aber mit einem Stück Käsekuchen drauf.

»Mein Lieblingskuchen!« Leo isst das Stück hastig auf.

»Was machst du eigentlich hier auf der Psychiatrie?«, fragt Kim, und Leo scheint das eine völlig naheliegende Frage zu finden. Ich schütte beim Trinken Eistee aus.

»Ich kann nicht mehr schlafen. Ich muss aber schlafen. Ich will schlafen. So in etwa«, antwortet Leo.

»Verstehe«, sagt Kim.

Kim ist das beste große Geschwist der Welt. Alles wird gut mit ihr, also fast gut, irgendwie.

Sechsundvierzig

Cliffs Freund, der aus dem Bus, ist bei uns. Das erste Mal hat Cliff Besuch. Die beiden haben den Küchentisch und die Stühle in den Flur geschoben und umfunktioniert zu einer Kletterlandschaft und turnen barfuß darauf herum. Auch auf meinem orangen Sitzsack. Es fiepst, wenn sie draufspringen.

Ich ziehe die Schuhe aus und springe mit. Sie lassen es zu. Cliffy erklärt mir, dass sie alles in den Flur geschleppt haben, weil dort kein Fenster ist. Für alle Fälle.

Ihr seid doch viel zu alt, um einfach aus dem Fenster zu fallen, will ich sagen, außerdem schlafwandelt ihr nicht mitten am Tag. Stattdessen frage ich: »Wie gehts Klavier und Frosch?« Cliffy zieht eine Grimasse.

Als ich duschen gehe und dann in mein Zimmer, turnen und spielen die beiden noch lange weiter. Irgendwann klopft es an meine Tür. »Ja?« Cliff bringt meinen Sitzsack zurück. Wir lassen uns beide theatralisch hineinfallen.

Siebenundvierzig

Ich suche die Stopptaste, aber die scheint es nicht zu geben, also decke ich Leo weiter mit Fragen ein.

Sie erzählt: »Ich bin auf eine Betreuerin losgegangen in der WG. Angeblich. Kann mich nicht erinnern. Und dann habe ich mich selbst verletzt. Vielleicht war es Ronnie. Oder Blessing.«

»Wer ist Ronnie? Wer ist Blessing?« Ich weiß nicht, ob ich jemals wieder etwas anderes äußern kann als Fragen.

»Ronnie ist einer von uns. Blessing kenne ich selbst noch nicht gut.«

»Was ist«, frage ich, »wenn jemand verliebt wäre, zum Beispiel in dich, also euch, also wäre, meine ich. Oder so?«

»Wer?«

Jetzt denkt Leo, dass ich in sie verliebt bin. Sie fragt vier Mal nach. Ich sage nichts.

»Obwohl auf diesem Hoodie hier LOVE steht, habe ich keine Ahnung von Liebe. Ich weiß nie, wer von uns was sagt. Also wer von mir, innen drinnen, ich meine, uns. Jedenfalls ist das nicht förderlich für Liebe und so.« Sie zieht den Pullover aus, LOVE. Sie zieht ihn mir an, wurschtelt ihn mir über den Kopf, mitten auf dem Gang im Krankenhaus, Station 2 D.

Der Pullover ist zu eng. Ich sehe sicher aus wie ausgestopft. Am liebsten würde ich mit dem Gerät auf dem Tisch meinen aktuellen Blutdruck messen. Jetzt hat Leo vermutlich gar keinen Pullover mehr. Wer ist Ronnie? Ich wurschtle mich aus dem Pullover wieder heraus. Lieber nichts mehr mit Pullovern.

Leo zieht mich mit in ihr Zimmer, in dem drei Betten stehen. Sie stellt mir die Zimmerkollegin vor, die auf dem Bett neben Leos liegt, und bittet diese, mir die Infos zu zeigen, nach denen sie gemeinsam gesurft haben, weil die Therapeut:innen die Seite für brauchbar und sogar wichtig halten. Die Zimmerkollegin scrollt herum wie auf einer Modeseite und hält mir schließlich das Display hin.

> Manchen Kindern wird schwerste Gewalt angetan. Weil sie noch zu jung sind, wenn die Gewalt beginnt, und sie noch nicht sprechen können, haben sie keine Worte für das, was Erwachsene ihnen antun. Da aber schon Babys einen sehr starken Willen haben, können sie sich in viele Personen aufspalten, sodass sie gemeinsam als Viele die Gewalt überleben –

Das Telefon läutet. Leos Zimmernachbar:in hebt ab. Deshalb kann ich nicht weiterlesen.

Leo holt sich einen Hagebuttentee und mir auch einen, obwohl mir als Besucher:in keiner zusteht. Ich trinke schnell, damit ich den Papierbecher entsorgen kann, bevor eine Schwester oder ein Pfleger kommt.

Leo möchte schlafen. Wie: Schlafen? Wacher, als ich mich fühle, geht nicht. Aber Leo ist müde. Und das Telefongespräch, das das ganze Zimmer ausfüllt, scheint länger zu dauern und ziemlich lustig zu sein. Inzwischen ist es ein Videocall und die Person auf dem Display lackiert sich beim Telefonieren die Fingernägel. Wir winken uns alle gegenseitig zu.

Wie ferngesteuert radle ich nach Hause. Die anderen denken sicher, ich bin komplett drüber, weil ich ständig auf der Psychiatrie herumhänge.

Ein Hund, an dem ich vorbeifahre, bellt mich an. Fast streife ich ein parkendes Auto. Der kurze Schreck holt mich zurück ins Hier und Jetzt. Mimmi fällt mir ein. Zineb. Ich wünschte, mein Vorderrad würde sich von der Straße lösen und einen Flug über die Stadt einleiten. Von oben wäre sofort zu sehen, wo Mimmi ist. Im Flug würde ich Zineb die Koordinaten simsen und dann mit quietschenden Fahrradreifen wieder auf der Straße aufsetzen.

Achtundvierzig

Zurück zu Hause können meine Beine nicht mehr dafür garantieren, dass ich stabil stehe. Deshalb gehe ich in mein Zimmer, ziehe die Tür zu und setze ich mich auf den Sitzsack. In den Ohren ein leichtes Sausen, Schweiß auf der Stirn und unter den Achseln, meine Finger wissen nicht, wohin mit sich, sie streifen über das Kettchen am rechten Arm, der Kiefer vergewissert sich seiner Gelenke. Er ist nicht sicher, ob er je wieder zubeißen kann.

Mein Gaumen ist trocken. Die Zehen wollen aus den Schuhen und Socken hinaus. Alles sieht anders aus als sonst. Obwohl die Sonne jetzt am Abend nicht scheint, fällt sie ins Zimmer. Oder so. Alles durcheinander.

»Hallo Jay, hier ist Chan.«

»Wer?«

»Chan, Çatal, deine Lieblingsgabel und hair maker. Soso, du kennst mich nicht mehr. Das fängt ja gut an. Aber: Weißt du, wo Zineb ist? Sie antwortet nicht. Mimmi ist aufgetaucht, quietschfidel. Du ahnst nicht, wo ich sie gefunden habe: Im Park, ganz in der Nähe vom Altersheim. Mimmi lag gemütlich auf einer nagelneuen Jeans. Frag mich nicht, wie die Hose dahin gekommen ist. Vielleicht von den alten Leuten aus dem Heim. Wer weiß, was die für Klamotten tragen.«

Mit dem Rad auf dem Weg zum Park verfahre ich mich zwei Mal, obwohl ich den Weg im Schlaf kenne. Strahlend wie eine frisch geputzte Sonne sieht Chan aus, an der Mimmi hochspringt und dann auf mich zuläuft. Im Gras liegt die Jeans. Eine Wrangler.

Riesigen Dank an

K's
Louis Hofbauer
Maria Dalhoff
Christa Jordan-Rudolf
Mithra Ansari
Christine Aebi
Muchemi Jecinta Wanjiru
Antje Keil
Massud Rahnama
Giordana Pascucci
Elisabeth Leopold
Katrin Feiner
Team der Fachstelle Selbstlaut gegen sexualisierte Gewalt an Kindern und Jugendlichen
WG: Verein für Barrierefreiheit in der Kunst, im Alltag, im Denken

Lilly Axster

geb. 1963 in Düsseldorf, lebt in Wien, Studium der Theaterwissenschaften, war Hausautorin und Regisseurin am Theater der Jugend Wien, leitete gemeinsam mit Corinne Eckstein 20 Jahre lang das Theater Foxfire, seit 1996 auch freiberufliche Mitarbeiterin in der Fachstelle »Selbstlaut« gegen sexualisierte Gewalt an Kindern und Jugendlichen.

Für ihre Theaterstücke, Bilderbücher (gemeinsam mit Christine Aebi) und Romane erhielt sie zahlreiche Auszeichnungen, u. a. Christine Nöstlinger-Preis, Outstanding Artist Award, Österreichische Kinder- und Jugendbuchpreise (zuletzt gemeinsam mit Christine Aebi, Henrie Dennis und Jaray Fofana).

lillyaxster.at